神《かみ》代《しろ》幻《げん》夢《む》譚《たん》

楓屋ナギ
Nagi Kaedeya

文芸社

是《こ》の時に、菊理媛神《くくりひめのかみ》、亦白《またもう》す事有り。伊弉諾尊《いざなぎのみこと》、聞こしめして善《ほ》めたまふ。

『日本書紀』巻一・神代上　一書曰《あるふみにいわく》　より

神代幻夢譚／目次

神代幻夢譚《かみしろげんむたん》

常世《とこよ》の章

1　菊理媛《くくりひめ》

一柱の小さな神が、岩を枕に漆黒の闇に抱かれて眠っている。

漆黒の闇、と見えたのはその童形の姿をした神自身の豊かな黒髪であった。

この冷んやりとした窟《いわや》の奥深くが真の闇黒《あんこく》でないのは、童女神の放つ光が高い天井から下がる水晶の柱に映っているからだ。

小さな体に大きな真白《ましろ》の衣。緋色の裳《も》と見えたのは袴《はかま》のようである。顔は髪に隠れ、手は袖に隠れ、裸足のつま先だけがわずかに袴の裾《すそ》から覗いている。童女神は、どこまでの広がりを持つのかも定かではない仄《ほの》暗い窟の中で、くうくうと安らかな寝息を立てて眠っている。

ひたひたひた……。

静かな足音が近づいてくるが、目覚める気配もない。

「おやおや。またこのようなところでお休みでございましたか」

のんびりと声をかけた翁《おきな》は、塞《さい》の神。境を守る神である。

ここは黄泉平坂《よもつひらさか》の果て。現世《うつしよ》と常世《とこよ》の境目。この世とあの世を隔《へだ》てる千引《ちび》き石《いわ》がすぐそばにある。

毎朝この青石を隈《くま》なく磨くのが、塞の神の日課であった。

「媛《ひめ》、お起きになってくださりませ」

皺《しわ》深い手でそっと揺すると、童女神は身じろぎをしてゆっくりと目を開いた。

那智《なち》の黒石よりももっと黒い、磨き抜かれた黒玉の瞳が老爺《ろうや》を見上げる。まだ眠いのか、しぱしぱと瞬《まばた》きを繰り返している。

「また、夜通し大神さまのお話をお聞きになっておられたのですな。いやはや……」

溜め息交じりに首を振る。豊かな白い髭《ひげ》がふさふさと揺れた。

むく、っと童女神が半身を起こす。身の丈よりも長い髪がさらさらと流れ落ちた。可愛らしい手が目をこする。岩にもたれたままもう一度見慣れた塞の神を見上げ、その背後を見やって怪訝《けげん》そうに首をかしげた。

その仕草を見て、急いで塞の神が言い添える。

「そうそう、お客さまがお見えになっておられるのです。ええ、大神さまに拝謁《はいえつ》したいとの仰せで。媛さまにお取り次ぎをお願いしようと宮に参ったところ、どこにもお姿がありませんでしたので、直接ここまでご案内申し上げた次第でございまする」

まさか、このようなあられもないお姿を天《あま》つ御子様にお見せすることになろうとは……。髭の中でもごもごと言い訳をする、その声にならぬ声をも童女神は聞き取って、気にしないと言う代わりに、にこりと笑った。ふっくらした頬がほんのりと紅を刷《は》いたように赤い。目はすっかり覚めたようだ。

「これはこれは、なんとも愛らしい」

聞いたことのない声だ。きょとんと首をかしげている媛神の前に、がっしりと逞《たくま》しい体格の、背の高い男が進み出た。

「初めてお目にかかる。須佐之男《スサノオ》と申す」

遠くから来たからだろうか。髪はぼさぼさで、髭は伸び放題。衣もどこがどうなっているのかよく分からない着こなしになっている。神々しい、とはとても言えない。

だが、洞窟内で木霊《こだま》を呼ばないようひそめたその声には深みがあり、耳に心地よかった。

「あなたの御名《みな》は？」

跪《ひざまず》いて問うた男神《おがみ》に、童女神がにこっと微笑《ほほえ》む。

「ああ、答えてはなりませぬぞ！」

そのわきで塞の神が慌《あわ》てて両手を振り回した。それから背筋を伸ばし、コホンとひとつ空咳《からぜき》をすると、改めて紹介する。

「菊理媛《ククリヒメ》。先ほども申し上げた通り、現世と常世の仲立ちをするお方。世の摂理《せつり》を守る貴い媛神にておわしまする。改めて御名《みな》を問われるとは。お戯《たわむ》れが過ぎますな」

男が女に直接名を問うのは求婚と同義である。女が応えて名を教えると、それは求婚を受け入れるという意志表示になる。

「はは……。見抜かれてしまったか」

悪びれる様子もなく、須佐之男は朗らかに笑って翁神を振り返った。

「まさか、あの菊理媛がこのような幼《いと》けないお方だとは知らなかったぞ。せいぜい五、六歳ほどにしか見えぬ。父上、母上に勝るとも劣らない霊力をお持ちだと伺っていたのに」

「見かけで判断なさらぬがよいでしょう。童女の姿でおわするのは深いわけがおありなのでございまする」

小柄な白い翁神は静かな声で反論する。

「このお方はこの世に数多《あまた》おわす神々のうちにも並ぶ者の無きお方。塞の神にして巫女神。現世と常世だけでなく、全ての境を知ろしめすお方。前世、現世、来世までも見通す目をお持ちなのです。そのお目をもってして、自らがとるべき姿として、この幼子の姿をお選びになったのです」

「なんと、もったいない！　これほどの方が幼き姿のまま独り身を通されるとでも？」

大げさに驚いてみせ、須佐之男は跪いたまま、目の高さを同じにして菊理媛に向かい合った。

「それならば、可愛らしい媛よ。俺の妻にならないか？　ずっと大事にして、幸せにすると約束するぞ」

きょとん、と大きな目で見返す媛に、たまらず須佐之男はその小さな体を軽々と高く抱き上げて笑った。つられて、媛もきゃらきゃらと笑った。

水晶の鈴が転がるような澄んだ明るい声が響く。それが須佐之男が初めて聞いた媛の声だった。

「ああ、もう……。ほんに幼けない」

塞の神は白い眉を下げ、ほとほと困った顔になった。

「おひげ…」

媛の柔らかな両手が須佐之男の頬に伸びる。

「ちくちくする」

可愛らしい玉響《たまゆら》の声が言う。

「ん？　ああ、失礼した。女性の御前《ごぜん》に参るのにはふさわしくなかったな。なかなか整えている余裕がなくてな」

もとより、余裕があっても身なりなんぞに頓着《とんちゃく》することなどないのだが。

そっと媛を地に下ろすときょろきょろと辺りを見渡し、大股に青石の前に進む。

「鏡石をお借りする」

そう言うなり、すとんとその前に腰を下ろして小刀を取り出し、髭を剃《そ》り始めた。整える、というより、さっぱりと剃り落としてしまうつもりのようだ。

「ああ、それは……！」

あたふたと塞の神が止めようとするのも、全く気に止めない。

もちろん、この青石、塞の神が毎朝丹精《たんせい》込めて磨いている千引き石は単なる鏡石ではない。そして、単に異界を隔てるだけの壁でもなかった。

翁はどうしていいか分からなくなって、右往左往《うおうさおう》している。その顔は赤くなったり青くなったりと忙しい。媛は澄ました顔で一緒に青石を覗《のぞ》き込んでいる。

そうして一心に髭を剃っていると、
どしん。

いきなり岩の向こうから、象が足を踏み鳴らしたような地響きが伝わってきた。

振動でぱらぱらと砂粒や小石が天井から降ってくる。

「ん？」

須佐之男が手を止めて呑気《のんき》な顔で上を見上げた。

「ひいい～」

塞の神がぶるぶると地面に俯《うつぶ》した。

千引き石を通して、向こう側から何やら聞こえてくる。

「…お、のれ……は……」

陰々と地の底の、さらにその底から響いてくる。恐ろしいほど威厳のある、怒気をたっぷり含んだ声が。

そして、

「うっとうしいんじゃあ――――っ！」

どおん！

激しい衝撃が窟を震わせ、ぴしぴしっと青石の表面に無数の亀裂《きれつ》が走る。

と、次の瞬間、千引き石は粉々に砕《くだ》け、がらがらと崩れ落ちた。

もうもうと土煙《つちけむり》が上がる。須佐之男はちゃっかりと菊理媛を懐《ふところ》にかばい、塞の神は俯せの姿勢のままコホコホと咳《せ》き込んだ。

次第に埃《ほこり》が収まってくると、無残な瓦礫《がれき》の向こうに仁王立《におうだ》ちする何者かの影が見えた。

常世の主、黄泉津大神《よもつおおかみ》。伊邪那美《イザナミ》の命《みこと》であった。

美しく整えられた柳眉《りゅうび》がきりきりとつり上がり、握り締めた両手はわなわなと震えている。

かなりご機嫌がお悪い。

「お…、大神さま」

御前に塞の神が走り寄る。

「これは何と……」

「何故、朝っぱらからむさくるしい男の顔を大映《どアップ》しで見なければならぬのじゃ！」

「なにゆえ、とおっしゃいましても……」

「黙りや！」

塞の神が何か言いかけたが、女神の怒号《どごう》に掻き消された。

ご立腹の原因はすぐに知れた。伊邪那美の下唇だけが鮮やかな紅色に彩られている。上唇は輪郭が描かれているだけだ。

須佐之男は、知らなかったとはいえ、こともあろうに化粧の途中であった女性の邪魔をしてしまったのだ。

「あなたさまも、また鏡石を化粧台代わりにお使いだったのですな」

塞の神が両手を地について、がっくりと頭《こうべ》を垂れる。

「あれは、そのようなことに使うものではございませんのに……」

千引き石の両面は、すべすべに磨かれている。その面は遠く離れた他所を映し出す力を持つ。清らかに澄んだ水鏡と同じだ。強く願って鏡面を覗き込めば、会いたい者が映る。望む力が強ければ声も届く。

昨夜、この岩を挟んで二柱の女神たちは夜通し語り合い、そしてそのまま眠ってしまっていたらしい。

朝、目を覚まして身だしなみを整えていた伊邪那美が、紅の具合を見ようとして石鏡に顔を近づけたとたん、たまたま同時に反対側から鏡を覗いた須佐之男の顔が自分の顔にとって代わった。女神はとっさには何が起こったのか分からず、髭を剃る見知らぬ男の顔を呆然《ぼうぜん》と眺めていた。

相手の男には自分が見えていないようだった。小刀のすべりがよくなるよう、顔をしかめたり伸ばしたりしている。その間抜けな百面相を見ているうちに、小馬鹿にされているような気がしてむらむらと怒りが込み上げてきたのだ。

「うるさい！　泣くな！」

どん、と足を踏み鳴らして、袖を涙で濡らしている塞の神を怒鳴りつける。また天井から細かい粉が落ちてきた。

「そうはおっしゃいますが、大神さま。これをどうなさるのですか～」

ぱらぱらと降りかかる砂埃《すなぼこり》を頭に積もらせたまま、べそべそと塞の神が訴える。白い髭の先からしずくが滴《したた》り落ちた。

ぷい、と女神が横を向く。

「風通しがよくなってよかろう」

「風だけではございませぬ。善《よ》きものも悪《あ》しきものも、何でもかんでも出入りし放題でございます。現世と常世の秩序が入り乱れて、収拾がつかなくなりまする」

「注連縄《しめなわ》でもはっておけ」

「それはあんまりなお言葉」

おいおいと声を放って泣く塞の神をさすがに哀れと思《おぼ》し召したか、伊邪那美は気まり悪そうな顔で菊理媛を振り返った。

「すまぬが、何とかしてやってくれぬか」

媛はそのやり取りの間中、大きな瞳をぱっちりと見開いて大神と翁神を交互に見ていたが、こくんと頷《うなず》くと小高く積もったさざれ石の山に近寄って両手を置いた。

すうっと息を吸い込み、唱えていわく、

青石《あおいし》、玉石《たまいし》
此《こ》は塞の石
常世現世を分かち仲立つ、千引きの岩戸《いわと》よ。

水晶の鳴る音が聞こえた。

大、小、さまざまな形をした岩の欠片《かけら》は青白く輝き、静かに宙に浮き上がる。そして、それぞれが自分の居場所を心得ているかのように収まるべきところに収まり、ぽっかり空いた穴が再び塞《ふさ》がれた。

「ほお……」

感嘆の声を上げたのは須佐之男であった。目の当たりにした現象が信じられぬといった面持ちである。

伊邪那美は満足げに頷き、塞の神は再生された石にすがりついた。

「なるほど、そのように決着をつけたか」

千引き石は、千引きの岩戸になった。

塞の石としての役割を果たしながらも、伊邪那美が言ったように風通しも良い。

ふん、と元凶であるはずの女神は、手を腰に当てて尊大に翁神を見下ろした。

「さすがは菊理媛。爺《じい》、よかったな」

「はい〜。媛さま、ありがとうございまする」

「よかったな」

媛は女神の口ぶりをまね、愛くるしい笑みを塞の神に向けた。

「さて、と。わらわに客だと？」

すっかり機嫌の直った大神が、改めて須佐之男を見た。

怒りに燃えている時は恐ろしいことこの上ないが、もともとまばゆいほどに麗しい女神である。慌てて頭を下げた須佐之男は、今更ながら自分のなりを恥じた。黄泉津大神の御前に出るにはふさわしくない出で立ちである。

「ふん。わらわはむさくるしい男は嫌いじゃ」

その心を見透かしてか、伊邪那美は言い放った。が、菊理媛の表情が曇るのを見てすぐに付け加える。

「だが、遠来《えんらい》の客に対するもてなしは心得ておる。湯あみの支度《したく》と着替えの用意をさせよう。話はそれからでよかろう。その見苦しい髭を何とかしてから来るがよい。爺、案内を頼むぞ」

言い置いてくるりと踵《きびす》を返す。

「畏《かしこ》まりましてございます」

塞の神がその後ろ姿に向かって頭を下げた。

岩戸はごろごろと石臼のような音を立てて開き、女神を飲み込んでまた閉じた。

「便利でございますなあ」

塞の神がうっとりと、その扉を見つめる。

「それに大層美しゅうございます」

「俺の不注意で迷惑をかけてすまなかった。媛には感謝せねば」

「ええ、ええ。それはもう」

さて、壊れた千引き石の件は片がついた。ではその原因となった剃りかけの髭をどうするか。

須佐之男は腕組みをして考え込んだ。もう、この鏡面を使う気にはなれない。

唸《うな》っていると、小さな冷たい手が両頬に触れた。胡坐《あぐら》に座った目の前に、菊理媛の真剣な瞳がある。

「お、何とかしてくれるのかな？」

こくんと頷いた媛は、あの水晶が鳴るような声で厳《おごそ》かに告げた。

「おひげ、ないない」

「へ？」

さっきとまるで違う。やけに簡素な言《こと》の葉だ。

だが、効果はてきめんだった。

剃りかけの無精髭《ぶしょうひげ》は毛根ごとなくなって、頬や顎《あご》は手で撫でるとつるりとしていた。

あの髭の中に、こんななめらかな肌が隠されていたとは、自分でも驚きである。

「へえ、最初から媛に頼めばよかったな」

感心しきりの須佐之男のそばで、塞の神がぼそりと呟く。

「ただし、媛が望まない限り二度と生えてこない、というのが難点ですが」

さあっと男神が青ざめる。

（なんと恐ろしい言霊の力……）

童女神の笑顔はどこまでも愛くるしく、邪気の欠片《かけら》もない。

「これで、いたくない」

「あ、ああ。そうだな。ありがとう」

笑おうとした頬がひきつった。

あの、鈴を転がすような笑い声が小暗い窟に冴《さ》え冴《ざ》えと響いた。

（この媛の前で願いを口に出す時には、十分気をつけよう）

須佐之男は、しっかりとこの教訓を胸に刻み込んだ。

2

黄泉津大神《よもつおおかみ》

最後《いやはて》に其《そ》の妹《いも》、伊邪那美命《いざなみのみこと》、自《みずか》ら追ひ来《き》たりき。
爾《ここ》に千引《ちびき》の石《いわ》を其の黄泉比良坂《よもつひらさか》に引き塞《さ》へて、其の石《いわ》を中に置きて、
おのおの対《むか》ひ立ちて事戸《ことど》を度《わた》す時、伊邪那美命言《もう》さく、
「愛《いと》しき我《あ》がなせの命《みこと》、かくの如《ごと》く為《な》さば、汝《いまし》の国の人草《ひとくさ》、一日《ひとひ》に千頭《ちがしら》、
絞《くび》り殺さむ。」
と言《もう》しき。
爾に伊邪那岐命《いざなぎのみこと》詔《の》りたまはく、
「愛しき我がなに妹《も》の命、汝然《いまししか》りと為さば、吾《われ》一日に千五百《ちいほ》の産屋《うぶや》立てむ。」
と詔《の》りたまひき。
是《ここ》を以《も》ちて一日に必ず千人《ちたり》死に、一日に必ず千五百人《ちいほたり》生まるるなり。
故《かれ》、其の伊邪那美命を号《なづ》けて黄泉津大神《よもつおおかみ》と謂《い》ふ。

『古事記』　上巻　より

岩戸をくぐると、桃の香りがした。

ふくよかな花の香り。

みずみずしい果実の香り。

すがしい若芽《わかめ》の香り。

桃は邪気を払うという。黄泉の国は穢れに満ちた国ではなかったのか。

「ご案内いたします」

髪をふっくらと結い上げ、麗《うるわ》しい装いをした女神が二柱、須佐之男と菊理媛を迎えた。

黄泉津色許女《よもつしこめ》と呼ばれる黄泉の神である。

『色許女』は『醜女』とも記す。

決して容貌が醜いわけではない。

『醜《しこ》』とは忌《い》み避けるべきものを表わす。と同時に比類なき強さ、たくましさを表わす言葉にもなる。彼女たちのきりりとした顔立ちや立ち居《い》振る舞い、よく鍛《きた》えられて引き締まった体格は、天つ女神たちと比べると、たおやかさ、柔らかみといった女の魅力として挙げられるものに欠けていた。

笹目《ささめ》、苅藻《かるも》と名乗る色許女たちは長い裳《も》の裾を蹴《け》さばいて、桃園の小道をすたすたと大股に歩いていく。菊理媛が須佐之男の指先をきゅっと握って、困ったように見上げる。その速さに、追いついていけないのだ。須佐之男が逞しいその腕でひょいと抱え上げると、媛は嬉しそうにその左肩に座った。

黒い闇の中、桃の花が白く紅く輝いている。花を照らすのは小道の両脇にほどよい間隔で灯されている篝火《かがりび》である。灯台は朱《しゅ》に塗《ぬ》られ、頭の高さほどで火がゆらゆらと燃えている。

夢のような光景だ。見上げる菊理媛の頬も花に照らされて紅に輝いている。

桃源郷、という言葉が浮かんだ。

これほど黄泉に似つかわしくない言葉もない。が、須佐之男は他に言い表わす言葉を持たなかった。

桃の林を抜けたところに、ほっそりとした姿があった。

「迦具土《カグツチ》、と申します。須佐之男の命さまのお手伝いを仰せつかってきました」

髪の結い方と装《よそお》いを見る限り男神であるらしい。

長い髪を耳の横で輪に結い、胸の辺りに垂らしている。その髪はさきほど通り抜けてきた小道の篝火と同じ色をしている。炎のように揺らめく不思議な色だ。

そのこちらを窺う眼差しに、静かな物腰に、須佐之男はどこか懐かしいものを感じた。

「そなたが迦具土どのか」

思わず洩《も》らした呟きに、迦具土は髪と同じ色の目を伏せた。

伊邪那美が黄泉に下ることになった原因は、この、一見して男神か女神かも分からぬ麗しい容貌の火の神にある。


次に火之夜芸速男神《ひのやぎはやおのかみ》を生みき。

亦《また》の名は火之炫毘古神《ひのかがびこのかみ》と謂《い》ひ、亦の名は火之迦具土神《ひのかぐつちのかみ》と謂ふ。

此《こ》の子を生みしに因《よ》りて、みほと炙《や》かえて病《や》み臥《ふ》せり。

多具理《たぐり》に生《な》れる神の名は、金山毘古神《かなやまびこのかみ》、次に金山毘売神《かなやまびめのかみ》。

次に屎《くそ》に成れる神の名は、波邇夜須毘古神《はにやすびこのかみ》、次に波邇夜須毘売神《はにやすびめのかみ》。

次に尿《ゆまり》に成れる神の名は、弥都波能売神《みつはのめのかみ》、次に和久産巣日神《わくむすひのかみ》此の神の子は、富宇気毘売神《とようけびめのかみ》と謂ふ。
故《かれ》、伊邪那美神は、火の神を生みしに因りて、遂《つい》に神避《かむさ》り坐《ま》しき。

国土を生み、多くの神々を生んだ伊邪那美は、我が子迦具土の燃えさかる炎に炙《あぶ》られて玉体《ぎょくたい》をそこない、現世を去る。

そして迦具土自身もまた最愛の妻を失った父、伊邪那岐の剣で切り伏せられたのだった。

須佐之男の目は、その白い首をうっすらと輪のように取り巻くミミズ腫れのような痕《あと》を見逃さなかった。

「媛さまはこちらへ」

色許女たちにうながされて、菊理媛は須佐之男に小さな手を振ると、ちょこちょこと宮らしき建物の方へと駆けて行った。

「あれは？」

「私の母、黄泉津大神が住まう夜見《よみ》の宮です」

それほど大きくはないが、白木《しらき》の肌が篝火の朱に映えて美しい。麗しい宮である。

黄泉の国は、聞いていたよりもずっと洗練されているらしい。

迦具土に先導されて細い石段を上り、小高い丘を登って行く。案内されたのは常葉木立《とこはこだち》に囲まれた泉だった。

水面から湯気が立ち上っている。出湯《いでゆ》だ。

底から熱い湯が湧き出し、背後の切り立った岩の間からは清らかな水が滝となって泉にそそいでいる。泉からはあふれた湯が小さな小川となって流れ出しており、水温と水質がほどよく保たれていた。

「御身《おんみ》に着けておられるものをお預かりします」

迦具土が言う。腰に帯《お》びた長剣を迦具土に渡しながら、須佐之男が尋ねた。

「全部？」

「はい。御手に巻いておられる玉飾りや、御髪《みぐし》を結っておられる紐《ひも》も」

「下帯も？」

「……はい」

迦具土が恥じらうように顔を伏せる。白い顔がうなじまで染まった。乙女のような初々《ういうい》しさだ。男同士の気安さで軽口を叩いたつもりが、思いもよらぬ反応に須佐之男までもが気恥ずかしくなってしまった。それをごまかすためにぼりぼりと頭を掻く。

「すまん。意地悪が過ぎたな」

「いえ……」

微妙な空気を振り払うかのように、須佐之男は着ていた物を豪快《ごうかい》に脱ぎ捨てると、無造《むぞう》作《さ》に迦具土が両手に捧げ持っている剣の上に載せた。

「で、では私はお着替えを用意して参りますので、ごゆっくりとお寛ぎを……」

裸になった男神の逞しい背をちらと見上げると、迦具土はそそくさと逃げるように宮の方へと走り去った。

泉の水は熱く、心地よかった。肩までつかると、ふう、と大きな溜め息が洩《も》れた。

（黄泉に来て、生き返る、というのも変なものだな）

須佐之男は、ひとり笑った。

岩に背をもたれさせて、空を仰ぐ。どこまでも深い黒い闇が頭の上にあった。

「黄泉――夜見、か」

篝火に照らされて、滝の水がきらきらと輝く。

ここには日の恵みは届かない。月の光も射さない。だが火と水の恵みはふんだんにある。

頭を巡らせると、さっき来た方角、夜見の宮の上空に小さな光がいくつも見えた。

あれは何だろうか。

それは、喩《たと》えれば、群れ飛ぶ蛍《ほたる》に似ていた。

あえかな光が明滅《めいめつ》しながらふわふわと宙を漂《ただよ》い、空に上り、消えてゆく。その様をずっと見ていると、胸が締めつけられるような気持ちになる。味わったことのない感情に心がざわめいた。

（埒《らち》もない。疲れのせいか）

ちゃぷん、と頭のてっぺんまで湯につかる。

黄泉を統《す》べる女神に失礼があってはならない。旅の汚れは髪の先から足の爪の間まで、全部落としておきたかった。

すっかり身を清め、岩に腰をかけて涼んでいるところに、迦具土が包みを手に捧げ持つようにして戻ってきた。

その包みを解くと、中から、先ほど湯に入る前に脱いだ衣と寸分違《たが》わぬ形と大きさの、真新しい麻布の衣が現われた。

須佐之男がぱりっと乾いた清潔な布でごしごしと大雑把に体の水気を拭うと、迦具土がその衣を広げて着せかけてくれる。妻を持つ者にとっては特にどうということもないのだろうが、須佐之男は独り身である。誰かに身の回りの世話を焼いてもらうのは初めてだ。何となく面映《おもは》ゆい気持ちで衣に袖を通した。

「夜見の機殿《はたどの》で織られた布で仕立てたものです。お肌に合えばよろしいのですが」

どうですか？　というように迦具土が首をかしげる。

やや織り目が粗《あら》いような気もしたが、さらさらと心地よい。皮履《かわぐつ》もあつらえたように足にぴったりだった。

「上等だ。気に入った」

素直にそう答えると、迦具土が小さく安堵《あんど》の息を洩らすのが聞こえた。

しっかり拭《ぬぐ》いきれていなかったのか、髪から滴《しずく》が垂れて衣の襟《えり》を濡らした。それをがしがしと拭《ふ》いていると、そっと迦具土が背後に回った。

「御髪を、整えさせていただきますね」

振り返ると、その手には櫛《くし》が握られている。

「迦具土どのが、手《て》ずから俺の髪を？　光栄だな」

「そんな、大げさです」

少年はふわっと頬を染めて、はにかんだように微笑《ほほえ》んだ。

「では、失礼します」

左手に濡れた髪を掬《すく》い、丁寧に櫛を通す。

（温かい……）

迦具土の手から、柔らかく温かい風を感じる。長くしなやかな指が、頑固《がんこ》にもつれた髪をほどいてゆく。ごわごわしていた髪が、かつてないほどさらさらになって乾いていく。

（心地よい）

このまま眠りに落ちてゆきたいほどに。

ふと迦具土の手が止まった。

「どうした？」

「いえ、思ったより御髪が短いので」

「好きにしてくれていいぞ。このままの垂れ髪でも、先ほどよりずっといい」

どうせ今までも適当な結い方しかしたことがない。

「いえ、結わせてください。そうですね……」

少し考えてから、髪を左右に大きく分けて耳の後ろで紐を結ぶ。毛先を少しだけ折り返し、上から白い布で包んで丁寧に山吹色の飾り紐を巻いてゆくと、

「いかがでしょう」

なんとか下げ角髪《みずら》らしき形に仕上がった。

差し出された白銅鏡に映された須佐之男の姿は、千引き石に映した時とではまるで違う。菊理媛や塞の神が見て、同一神だと分かるかどうか。

「すごいな……」

思わず感嘆の声が洩れた。

「あのぼさぼさの髪が、こんなになるのか」

「満足していただけたなら、嬉しいです」

心配そうに須佐之男の顔色を窺っていた迦具土は、ほっと息を吐いて、謙虚に慎ましく一礼した。

その姿を見て、しばし須佐之男は考え込んだ。

（招かれざる客に、ここまでしてくれるか）

迷惑がられるのを承知で、いや、それどころか、けんもほろろに追い返されるのを覚悟でやって来たのに。驚くのを通り越して、呆れるばかりである。今まで話に聞いて抱いてきた黄泉の国への見方をすっかり変えなくてはならない。

黄泉とは、ただただ『穢《きた》なき国』と教えられ、そう信じ込んできた。

が、今の自分はどうだ。現《うつ》し国にいた時よりよほど穢《けが》れから遠くなっている。

あちらで身につけた汚れや垢《あか》を落としてくれたのは、黄泉の国の湯であり、この身を包んでいるのは黄泉の織女《おりめ》たちが心を込めて織った清らかな麻の衣。身なりを整えてくれたのは、父に憎まれて黄泉へと追いやられた火の神である。

手巻《たま》きの腕輪の紐も新しく取り換えられ、くすんで光を失っていた勾玉《まがたま》も丸玉も息を吹き返したかのようにツヤツヤと輝いている。

「母の支度が整うまで、この辺りを案内いたしますね」

迦具土の曇りない笑顔がまぶしい。

かつて、これほどの、心からの歓待《かんたい》を受けたことがあっただろうか。いや、ない。

(ま、俺の場合、日頃の行いが悪かったからなあ)

悪名轟《とどろ》くこの身。どこに行っても警戒され、避けられるのは仕方がないと思っていた。

それなのに、今、傍らを歩く少年はこんな自分を丁重《ていちょう》に扱ってくれる。面倒だ、とか、やっかいだなど、微塵《みじん》も思ってもいない。

（穢れのない、というのはこのような少年のことを言うのだろうな）

須佐之男の複雑な胸中を知るはずもない迦具土は、客が珍しいということもあろうが、弾むような足取りであちこちを案内してくれる。

「母上がここに来たころ、常世はまだ混沌《こんとん》としていたそうです。それで、国生みの力を使って、混じり合っていたものを分けて、ここまで国らしく整えられたのですって」

歩むにつれて空の色が漆黒の闇から夕暮れの茜色《あかね》へと変わっていく。そろそろ豊葦原《とよあしはら》でも日が暮れる頃だろうか、とふと思う。

足下の堅土《かたつち》は次第に柔らかくなり、いつしか二人は乾いた白砂を踏んでいた。粉のように細かい砂粒がきゅっきゅっと音を立てる。その白砂の浜辺に、穏やかな波が打ち寄せていた。

「ここは明浜《あかるはま》と呼ばれています」

「この光は？」

日も月も巡らぬ常世の空に、日暮れも夜明けもあろうはずがない。

迦具土の指が海の彼方をさした。

「大綿津見《オオワタツミ》の神がお住まいになる綿津見の宮から射す光です。この波が来る方角の水底に綿津見の宮があって、綿津見の宮から西へと進むと豊葦原の熊野に着くのだそうです。言ってみればこの光は、現《うつ》し国からのお裾分けですね」

何となく海の方角を東だと思っていた須佐之男は、方向感覚を失って混乱した。

「あちら、綿津見の宮がある方は東ではないのか？」

「えっと、たぶん、そうです」

「すると、綿津見の宮から見れば、この浜は西に当たるわけだ」

「はい」

よく分からない。東に行って、西に折り返せば同じ場所に戻ってくるのではないのか。

「あの…、豊葦原とここは同じ空間にあるわけではありませんし、上手に説明できなくて申し訳ないのですけれど……」

迦具土がすまなそうな顔をする。

ともあれ、現世と常世を行き来する道は一つではないらしい。

「常世というのは真っ暗で閉鎖的なところだと思い込んでいたが、そうでもないのだな」

「はい。常世の全てが常夜ではありません。常闇なのは、黄泉のある黄泉の国だけです。この泉は死せる者たちの魂が集《つど》うところですから、その周辺だけは魂が安らげるように闇のままにしてあるのだと母から聞きました」

現世で生を終えた魂たちが集う泉、黄泉。

黄泉を中心とする一帯が黄泉の国。

そして泉のほとりに黄泉津大神の住まう夜見の宮がある。

「浜辺を北へと進んでいくと、砂浜が終わり、ごつごつした岩が突き出した磯に変わります。その内陸、つまり黄泉の国の北側が根の堅洲国《かたすくに》になります」

「黄泉の国と根の国は同じものだと思っていたのだが」

「地続きではありますが、母上が二つの国にお分けになりました。根の国は非時香木実《ときじくのかぐのこのみ》と称《たた》えられる、黄金色の橘《たちばな》が実るところ。その実が根の国を明るく照らしています。黄昏時《たそがれどき》のように美しいと鳥船が褒めていました」

私は黄昏を見たことがないので……と迦具土は残念そうに付け加えた。

これも話に聞いていたのと全く違う。

（黄泉、常世、根の国……）

熱が出そうだ。

頭を抱える須佐之男を見て、迦具土がくすっと笑う。

「あとは直接母からお聞きになった方がいいと思います。ぼく——いえ、私はもう以前の黄泉を覚えていませんから」

きゅ、きゅ、きゅ、きゅ……。

白砂の鳴る音が近づいてくる。小走りにこちらに駆け寄ってくる影がひとつ。

「おお、媛じゃないか」

きゃあっと歓声を上げて、菊理媛が須佐之男の足にぶつかるように抱きついてきた。小さな体は須佐之男の腰辺りまで届くかどうか。

白い大袖の衣に裾を括《くく》った緋色の袴という出で立ちは同じだが、髪が可愛らしく結い上げられ頭の上で二つの輪を作り、輪の根元には白く可憐な野紺菊《のこんぎく》の花が飾られていた。背丈に余る長い髪は地につかないようにくるりと丸めて赤い飾り紐で結い、紐の先には翡翠《ひすい》の玉飾りが揺れている。

「これはまた、見違えたな」

自分のことは棚に上げて褒める。高々と抱え上げられた童女は、楽しそうにきゃらきゃらと笑った。そのままよじよじと左肩に上り、ちょこんと座る。ここがお気に入りの場所になったようだ。

柔らかい頰が、須佐之男の頰に触れる。鼻をくすぐる甘酸っぱい匂いは、花でも果実でも衣に焚《た》きしめた香でもない。幼い子どもの匂いだ。

「いいなあ」

羨ましそうに迦具土が呟く。

「いくら媛が軽くたって、私にはできそうにありません」

「迦具土どのはまだこれからだろう」

「いいえ、ずっとこの体格なので。これ以上大きくならないみたいです」

「ま、焦ることはないさ。常世の時の流れは外とは違うんだろうし」

寂しそうにうつむく迦具土の背中をどんと叩く。

「そうでしょうか……」

「それより、今しかできないことをしておこうか」

「え？　ひゃあっ」

空いている右手でひょいと少年の細い体を掬い上げる。

「い、いくらなんでも。重いですよ？」

右肩に乗せられてしまった迦具土が、須佐之男の頭にしがみついた。

「いいから。ほら、媛みたいに、今のうちに子どもであることを楽しんでおけ。俺みたいになったら、誰もこんなふうに可愛がっちゃくれないからな」

固い筋肉のついた逞しい腕にがっしりと抱えられて、ほっと息を吐く。

「そうかもしれませんけど……」

空の色が変わっていく。

茜色、紅色、桃色。そして、だんだん紫色が濃くなっていく。

打ち寄せる波も空を映して色を変える。

ここにも夜が訪れるのだろうか。

「不思議ですね」

「ん？」

「ここからだと空と海しか見えないのに。それでも高さが違うと、景色も変わって見える」

「そうか」

「なんだか新鮮です」

迦具土の声が弾んでいる。それを聞いて、それまで大人しくしていた菊理媛が、隣でむっとふくれた。小さな手で須佐之男の髪をぎゅうっと摑む。

「いてて」

須佐之男の頭が引っ張られて左に傾く。迦具土が小さく悲鳴を上げた。

「お、おいおい。危ないぞ」

ぐらぐらと揺れる足場をものともせず、菊理媛は肩の上に立ち上がった。

頭の位置が男神たちより高くなったのを確認すると、くるっと迦具土の方を振り返って得意そうな顔をする。

「なんだ。自分が一番じゃなきゃ嫌なのか」

呆れたような須佐之男の声に、ふふ、と迦具土が笑った。

「さすがに、これは真似できません。今、一番の高見からこの風景を見ているのは媛ですね」

光の射す方向に綿津見の宮がある。

ゆったりと流れゆく雲、打ち寄せては引いてゆく穏やかな波。

刻々と移るその彩りは、いつまで見ても飽きることがない。

黄泉津大神の心遣いか、色許女がお召しを伝えに来たのはかなり時が経ってからだった。

3　夜見《よみ》の宮

「酒肴《しゅこう》のもてなしがなくてすまぬの」

開口一番、黄泉津大神が言った。

「黄泉津戸喫《よもつへぐい》と言うて、ここで何かを飲み食いした者は二度と現世に帰れぬという呪《しゅ》がかかってしまうらしいのでな」

「十分に良くして頂いております。この上は身に余るかと」

須佐之男がしおらしく頭を下げる。

「そうか？　ならよい」

にいっと笑うその顔は、須佐之男の知る女性によく似ていた。

開け放し、簾《すだれ》も巻き上げた部屋からは、この国の名の由来となった泉、黄泉が見える。

それはそれは、幻想的な眺めだった。

こんこんと尽きせぬ無色透明の水が湧き出づる泉。そのめぐりには山吹の花が立ちそよぎ、先ほど湯につかりながら見た蛍のようなあえかな光が舞っていた。

澄んだ泉の奥底を覗き込むと、数えきれないほどの丸い小さな光が暗い水底に溜まり、静かに息づいているのが見える。この光のひとつひとつが、死せる魂たちなのだという。現世での生を終えた魂たちは、死したものにしか分からぬ道を通ってこの泉の底にたどり着く。

弱々しく明滅する光たちは、生の痛みをすっかり癒すと、水面へと浮かび上がる。そしてしばし泉のほとりを漂ってから、上をさして昇ってゆき、黄泉を覆う天空の果てへ消えてゆく。その後、新しい命を得てまた豊葦原に生まれるのだ。

どこにもつながらぬはずの天が、生の世界へとつながっている。生と死の境が、この天のどこかにあるのだろう。これは神の身にも計り知れぬ世の理のひとつである。

宮の中に目を移すと、一段高くなった板敷《いたじき》の床に二種の敷物が敷かれ、女神がゆったりと脇息《きょうそく》にもたれて座っている。

額に輝く金の天冠と、赤い勾玉、黒の管玉《くだだま》、白い丸玉を組み合わせた首飾りは統治者の証だ。たっぷりとした袖の黒い衣。その上に袖のない真紅の衣を重ねている。帯は金糸を織り込んだ山吹色だった。布をむらなく黒く染めるのは難しいと聞いたことがある。名は忘れたが、染物上手で知られた者だった。黄泉にも染物上手がいるのだろう。

伊邪那美の左に座すは火の神、迦具土。

右に座す、全身淡い水色の装いをした乙女はおそらく水の女神、弥都波売神《みつはのめのかみ》だろう。人形のようにひっそりと静かに座っている。

傍らにずらりと並んだ黄泉つ神、八雷《やいかずち》たちが訪《おとな》う者を圧倒する。この八柱の神は個性豊かで、風貌も見かけの年頃も、まとう雰囲気もさまざまである。迦具土より若く見える者から、塞の神より年かさの者。文官風の出で立ちをした者もいれば、いかにも戦慣れした武将といった風情の者もいる。

そして庭先には、衛士《えじ》を務める黄泉つ色許女たちが立っている。

天つ神とはまた違った威容《いよう》を放つ神々に囲まれ、伊邪那美の神は悠然と座っている。

黄泉の最高神を前に須佐之男は威儀を正そうとし、失敗した。

胡坐のその膝で、菊理媛がすやすやと眠っていたからである。

「ほほ…。気に入られたものよ。いっそ媛を妻とするか？」

塞の神から、会ったばかりの媛とのやりとりを聞いているのだろう。他人の恋路を面白がるのはどこでも同じらしい。

「返事は、貰えそうにないですがね」

須佐之男としては苦笑いで答えるしかない。

「ふふん。そなたにはまだ他に妻はおらぬか。女の嫉妬は怖いぞ。ましてこのような霊力の高い媛を妻に迎えれば、この世の限り他の女子に目を移すことなどできぬ。わらわは嫉妬深い方ではないが、それでもわが背の君は恐れておいでだった」

女神はくつくつと笑う、それは思い出し笑いのようでもあった。ややあって、黄泉津大神は顔色を改めて須佐之男に向き直った。

「戯言《ざれごと》はともかく。天つ神よ、改めて問おう。輝かしき高天原を出でて、穢《きた》なき国まで下ってこられたその訳を」

偽りを許さぬ鋭い眼差しを、須佐之男は真っ直ぐに受け止める。

「あなたさまに会いに」

「わらわに？」

「母に会いたい、と父に言いましたらどこへなりと行けと言われまして」

「それで何故ここに？」

「俺には他に頼れる方がいないからです」

怪訝な顔をする黄泉の女神に、須佐之男は己が出自を語ろうと試みた。

「父が、あなたさまとお別れになったあとのことです」

　ほうほうの体で逃げ帰った伊邪那岐は、どこをどう通ってか、日向の国のとある河口付近にたどり着いた。

　是《ここ》を以《も》ちて伊邪那伎大神詔《の》りたまはく、
「吾《あ》は、いなしこめしこめき穢《きたな》き国に到りて在《あ》りけり。故《かれ》、吾は御身《みみ》の禊《みそぎ》せむ」
とのりたまひて、
竺紫《つくし》の日向《ひむか》の橘の小門《おど》の阿波岐《あわき》原に到り坐《ま》して、禊《みそ》ぎ祓《はら》へたまひき。

『穢《きたな》き国』とは、もちろん黄泉の国のことだ。

「ええっと、禊をするに当たって、父が脱ぎ捨てたさまざまなモノたちから神々が生じましたが、全て名を上げた方がよろしいか?」

　神は時に、意識せずとも何かを生み出すことがある。特に国生み神生みの祖《おや》である二柱の神にはその力が強い。

　旅の果てに、伊邪那岐が投げ捨てた杖から、衣から、帯に下げていた袋からも神々が生じた。

女神は軽く手を振った。

「いらぬ。先を進めよ」

「では、禊のところから」

「上《かみ》つ瀬《せ》は瀬速し。下《しも》つ瀬は瀬弱し。」
とのりたまひて、初めて中つ瀬に堕《お》り、かづきて滌《すす》ぎたまふ時、
成り坐《ま》せる神の名は、
八十禍津日《やそまがつひ》の神。次に大禍津日《おおまがつひ》の神。
此の二神《ふたはしら》は、其の穢繁国《けがれしげきくに》に到りし時の汚垢《けがれ》に因《よ》りて成れる神なり。
次に――

「待て」

そこまで語ると、また伊邪那美が遮った。

「長くなりそうだな」

「はあ、まあ。川の流れで穢れをすすぐ間に、十四柱ほど生じていますから」

「十四柱だと？」

それを聞いて、女神の美しい眉がぴくんと跳ねた。

「ふん。そのあたりは背の君に直接尋ねた方がよさそうだ。先にそなたのくだりを」

「は……」

冷や汗が出そうだ。

（余計なことを耳に入れてしまったのだろうか）

しかしここでその機嫌を損ねた理由を聞くわけにもいかない。自分としては事実を述べているだけなのだから、

（俺のせい、ではない）

ここは心を静めて、語りに専念するより他にない。

「では、続く十二柱は省略いたします」

軽く一礼し、話を進めた。


是に左の御目《みめ》を洗ひたまふ時、成れる神の名は、天照大御神《あまてらすおおみかみ》。

次に右の御目を洗ひたまふ時、成れる神の名は、月読《つくよみ》の命。

次に御鼻《みはな》を洗ひたまふ時、成れる神の名は、建速須佐之男《たけはやすさのお》の命。


「父は、俺たちを殊《こと》の外気に入ったようで」

——吾《あ》は子を生み生みて、生みの終《はて》に三《みはしら》の貴き子を得たり！


この伊邪那岐の言葉から、姉弟は三貴子《みはしらのうずのみこ》と呼ばれるようになった。

「天照には高天原《たかまのはら》、月読には夜の食国《おすくに》を、俺には海原を治めよと仰せになりました」

天照は伊邪那岐から揺らすと音のする玉の首飾りを授けられ、意気揚々と高みへと向かった。その後ろに月読が従う。

二柱の神は天に在って日の神と月の神、太陽と太陰になった。

須佐之男だけがあとに残された。

父は海原を治めよと言う。しかし、海原にはすでに大綿津見神がおり、大過なく治められている。

「俺の出る幕でもないと思いまして……」

「つまりは、何もしなかった、と？」

女神は脇息に頰杖をつき、切れ長の黒い瞳を斜めから須佐之男に向ける。須佐之男はうっそりと頷いた。

幼い頃は高天原で、長じてからは気ままに豊葦原の野山を駆け回り、獣と戯れ、鳥とともに歌い、時には魚と競って瀬を泳ぎ淵《ふち》に潜《もぐ》って日々を過ごしていた。

そんな暮らしをしているうちに、ふと素朴な疑問が頭をもたげた。

「この世の生きとし生けるものには親がある。しかも、その親は必ずつがいなのです」

自分には父がいる。しかし、母はいない。なぜこのように生まれついたのか。答えの出ない問いが心を重くした。

行き場のない思いに突き動かされ、泣いて暴れた。その激情に触れ、川という川があふれ、あるいは干上がり、山々が崩れて木々が枯れ果てた。

しかしそのような行為で孤独が癒《いや》されるはずもない。豊葦原には災いが満ち、伊邪那岐のもとには国つ神たちからの悲鳴と苦情が怒濤《どとう》となって押し寄せた。

時と共に須佐之男も分別をわきまえるようになり、むやみに感情を外に吐き出すことはなくなった。が、時はすでに遅く、須佐之男は現世で孤立していた。

『お前は一体どうしたいのだ』

ほとほと困り果てた顔で父が尋ねた時、須佐之男は反射的に答えていた。

『母に会いたいのです』

『なら、この国に住むことは許さぬ。どこへなりと行け』

それっきり、伊邪那岐は背を向けて去って行った。

(追放されたのだ)

そう気づいたのはしばらく経ってからであった。

豊葦原にはもう居場所がない。

今さら大海原に赴《おもむ》くつもりはなく、高天原に行けばおそらく姉の不興を買うだろう。

そして、今、須佐之男はここにいる。

赤々と火の灯された夜見の宮。

かつて父が愛した女神はしどけなく足を横に投げ出して、脇息にもたれていた。濡れたような烏羽玉の髪が肩からこぼれ、つやつやと灯火に輝いている。

「なるほど。体《てい》よく追い出されたというわけか」

麗しの黄泉の主は容赦なく核心を突くと、美しい唇の端をつり上げてくつくつと笑った。

「背の君はもてあまし者をわらわに押し付けたのだな」

ひとしきり笑ってから、伊邪那美は真っ直ぐに須佐之男を見据えた。にこやかな表情を作ってはいたが、その眼は笑っていない。

この上なく整った顔が、ぞっとするほどの凄みを帯びる。ひやりと背が冷えた。

「そなたの言い分は聞かせてもらった。だが、わらわがそれを信じる道理はないな」

細い顎をくっと上げて須佐之男を見下ろす、その仕草がまた、この女神には良く似合っていた。

「そなたがこの黄泉に、ひいては常世に邪《よこしま》な心を抱いておらぬという証《あかし》がない。あるいは、そなたが背の君か姉の天照とやらに命じられて、常世を攻め取ろうとしているのではない、と断ずるだけの材料がないのでな」

「どうすれば信じていただけましょうか」

「さあて。どうするか……」

須佐之男の膝の上では菊理媛が寛いでいる。いつの間にか目を覚まして、背を須佐之男の胸に預け、交差させた脛《すね》の上にちょこんと座っている。

その様子を目を細めて面白そうに眺めつつ、

「ところで、この黄泉の国には罪人を閉じ込める室《むろ》がある」

黄泉の支配者はとぼけた口調でうそぶいた。

「一つは蛇の室。暗くてじめじめした岩室に大量の毒蛇たちが暮らしておる。噛まれれば身体が紫色になって膨《ふく》れ上がる」

ぞっとする話だ。

「もう一つは蜂の室。この蜂も針に猛毒を持っておる。刺されれば激痛が走り、そこから全身に痺《しび》れが回る。何か所も刺されれば、さぞ苦しかろうな。おお、あそこには確か蜈蚣《むかで》も住んでおるのだった」

神に寿命はない。しかし不死ではない。不慮の事故で命を落とすこともあるし、殺そうと思えば殺すこともできる。

過去に伊邪那美自身も火傷のため、迦具土は実の父に剣で切られて、死の寸前まで追い詰められた。死に至らなかったのは、その神性の強さと黄泉つ神たちの適切な処置のおかげだった。

「そんな、母上……」

迦具土がおろおろと腰を浮かしかける。

「ほほほ……」

高らかな笑い声がこだまする。愉快そうに笑って、伊邪那美はすっと手を上げた。

「そのように案じずともよい。はなから疑ってはおらぬ。証なら、ほれ、そこに」

その指先が真っ直ぐに須佐之男を指す。縦に並んだ大小二つの顔が、同時に同じ角度で左に傾くのを見て、伊邪那美はまたぷっと噴き出した。

「ふふ…。それ、そなたの膝の上じゃ」

そこには菊理媛がちんまりと収まっている。名にし負う荒ぶる神も形無しだ。具合のいい座椅子である。

「そなたが心の奥底で何を考えていようが、こちらの障りになるならば媛に返されておろうよ。媛が心を許しておる、それこそが証」

うつむく須佐之男と、見上げる菊理媛の目が合った。媛がにこおっと笑う。

「この世に媛の目を欺くことのできる者はおらぬ。なにしろ世の摂理を守る神なのだから」

道返《ちがえ》し――。

そんな言葉が須佐之男の脳裏をよぎった。

道返しの「チ」は「霊《チ》」でもあり、霊《ち》返しに通ずる。霊返しとは死に赴こうとする霊魂を生の世界に繋《つな》ぎ止める術である。

（もしや、伊邪那美の神と迦具土を死の淵から呼び返したのは、この媛か？）

そうだとしたら、どれほどの力がこの小さな体に秘められているのか。千引き石どころの騒ぎではない。須佐之男は内心身震いした。

「ん？」

菊理媛が首をかしげた。心の内の恐れを見抜かれたかと一瞬ヒヤリとしたが、

「おや？」

伊邪那美が目を庭に向けるのを見、媛の興味がそちらに向けられたのを見て安堵する。

何やらこの宮に不釣り合いな、華やいだ気配が近づいてくる。

「母上、お久しぶり～」

明るい声が場の空気を変えた。

聞き覚えのあるこの声は、天と地の間を自在に行き来する天鳥船《あまのとりふね》だ。

すらりとした長身。深い海の底に眠る白玉のごとき肌。実った稲穂色の髪は高く結い上げ、くるっと丸めて布でくるみ、長い毛先をさらさらと背中に垂らしている。

男神とも女神ともとれる容貌だが、上衣の上から見ても胸板は薄く、その体型はまろやかさに欠けていた。

「あれ？」

鳥船がひらひらと手を振ってよこす。

「須佐、元気そうだね。菊理ちゃんもここにいたの。こんにちは〜」

「とりふね！」

勢いよく菊理媛が立ち上がった。

「がっ！」

須佐之男の顎を媛の頭が直撃した。

視界が暗転し、のけぞった目の前に火花が散った。じんわりと涙がにじんでくる。

顎を押さえて痛みをこらえる須佐之男には構わず、菊理媛は鳥船のもとに駆け寄っていった。

「あはは、今日は一段と可愛いね。その花、良く似合ってるよ」

鳥船が高々と媛を抱え上げ、くるくると回る。媛の衣の裾がひらひらとなびき、楽しげな笑い声が響いた。

「だ、大丈夫ですか？」

迦具土が駆け寄ってきて、そっと手を貸してくれる。

「あ、ああ。すまない。大丈夫だ」

涙でぼやける目に、心配そうな迦具土の顔が映る。

目をこすって庭の方を向くと、媛に頬ずりする鳥船の姿が見えた。

（そういえば、鳥船にも髭がないな）

ふと、しようもないことに気づく。

突然の訪問はいつものことなのだろう。その場の誰も何も言わない。衛士の色許女たちも微笑ましげに見守っている。

「で、何の用じゃ」

最初に口を開いたのは、やはり伊邪那美であった。

「父上に頼まれて様子を見に。そこの暴れん坊が何かやらかさないか、心配なんだろうね」

ちらと須佐之男に目をやって、媛を胸に抱えたまま庭から直接部屋に上がってくる。かなりの不作法だが、これも咎める者はいない。どこまでも自由な神である。

菊理媛を床に下ろし、庭に背を向けて座り込む。

「そっちの方は大丈夫そうだけど、アレ、どうしたの？」

「あれとは？」

「千引き石だよ。なんか、えらく形が変わってたんだけど。ついでに爺が生き生きつやつやしてたんだけど」

「はて、何のことやら」

ふい、と女神が素知らぬ顔であさっての方向を向く。こういうところは小娘のようだ。

「あのね、壊れたの。ばーん、って」

代わりに菊理媛が答えた。

壊れたのではない。とある貴い御方が壊したのだ。頑丈《がんじょう》な大岩が何もないのに勝手に壊れるはずがない。

ぶっ、と八雷の一人が噴き出した。一番年若に見える男神だ。「若雷」、と隣のいかにも武将らしい体格をした壮年の男神がたしなめる。

もちろん、色許女たちは何も言わない。

迦具土は気まずそうに目を逸らし、弥都波《みつは》はただじっと座っているだけだ。

「ふうん、そうか」

鳥船は場の様子から大体の事情を察したらしい。自分のそばにちょこんと腰を下ろした菊理媛の顔を覗き込んで言う。

「怒りん坊さんには困ったもんだね。爺の本体を壊しちゃうなんて、ひどいよねえ」

「ねえ」

菊理媛が可愛らしく首をかしげた。

「本体?」

聞き返した須佐之男に、鳥船は軽く目を瞠った。

「あれ、知らなかった? 比良坂の守り神の本体は、あの岩なんだよ」

名は塞坐黄泉戸大神《さやりますよみどのおおかみ》。

「道返之大神《ちがえしの》とも呼ばれるけれど。爺は塞ぐ神なんだよね〜。道返しの力は菊理ちゃんの方がずっと強いんだよね」

つまり、自分は神殺しの現場に居合わせるはめになったかもしれない、ということか。

須佐之男の背筋を怖気《おぞけ》が這い上がる。くらり、と眩暈《めまい》がした。

「菊理ちゃんがいて、よかったよね。誰かさんが暴走しても、菊理ちゃんが何とかしてくれるもんね」

鳥船の声が遠くに聞こえる。

(恐ろしい……)

赤々と火の燃える部屋の中にいるにもかかわらず、寒い。震えがくるほどに。

恐ろしいのは、感情のままに(しかも、しょうもない理由で)神を破壊する黄泉の女神か。それとも、破壊された神をいとも簡単に元に戻す、いや元通り以上のものに造り直してしまう媛神か。もう、判然としない。

さらに言えば、この場の誰もが、そのとんでもない事を何でもない事であるかのように平然としていることがまた恐ろしい。

改めてこの座に連なる面々を見渡す。

国生みの御祖《みおや》にして死と再生を司る常世の主、伊邪那美。

その本性の苛烈《かれつ》さゆえに、国生みの母に黄泉路をたどらせた火の神、迦具土。

唯一、火の神に拮抗《きっこう》できる力を持つ水の神、弥都波。

高天原、豊葦原、黄泉の国と、自在に三界を翔ける天鳥船。

そして、現世と常世の摂理を守るという、底知れぬ力を身の内に秘めた神、菊理媛。

（えらいところに来てしまった）

ついさっき湯で温めたはずの背に冷たい汗が伝う。

今まで暮らしてきた世界とはまるで違う。ここで好き勝手はできない。する気にもなれない。どんな目に遭うか、分かったものではない。

いかに自分の力がちっぽけなものであるかをまざまざと見せつけられて、慄然《りつぜん》とする須佐之男であった。

高天原《たかまのはら》の章

1
妹背戦《ふうふげんか》

「背の君に会いに行く」

伊邪那美の突然の言葉に、鳥船は慌てた。

「ええっ？　無理だよ、そんな急に」

「何が無理なのじゃ」

「何が、と言われても……。先方の都合もあるだろうし……」

しどろもどろの答えしか返しようがない。

「それに今、父上は高天原にいらっしゃるし」

菊理媛が迎えに来た塞の神に手を引かれて、名残惜しそうに千引きの岩戸の向こうへ帰ったあとのこと。夜見の宮を訪れた鳥船に外の様子などを聞いているうち、不意に思い立ったらしい。

「妻が夫に会いに行くのに、何の不都合がある？」

「ありまくりでしょうよ！」

常世の最高神が現世の最高神がおわす高天原に行幸《みゆき》するなどとは、前代未聞である。こんなことを思いつく者もおるまい。

日頃から親しい交流があるわけでもなし、悪くすると、天つ国を乗っ取るつもりかと誤解されるかもしれない。現に須佐之男も、黄泉に来たその日、伊邪那美の口からその言葉を聞いた。

伊邪那美と鳥船のやりとりを眺めながら、ふと須佐之男の胸に疑問がよぎった。

(父上はどういうおつもりでおられるのだろうか)

あの時の伊邪那岐とのやり取りを思い出す。

『母に会いたいのです』

『なら、この国に住むことは許さぬ。どこへなりと行け』

「どこへなり」と言いつつも、自分を追放すれば黄泉の国しか行き所がないのは十分分かっていたはずだ。

自分は伊邪那岐の息子ではあるが、伊邪那美が生んだ子ではない。千引き石で事度《ことど》別《わか》れをしたあとに、父から生じたのだ。伊邪那美を母と呼ぶのは無理がある。

今は客分として丁重に扱われてはいるが、それこそ、侵略者の疑いありとして罪を着せられる可能性もあった。

父はその先のことまで考えていただろうか。

（深読みするほどのことではない、か……）

今ここでうだうだと考えていてもしようがないことだ。

「とにかく！」

頭を切り替えた須佐之男の耳に、鳥船の声が飛び込んできた。

「いきなりはまずいよ。とりあえず、僕が使いをするから」

「拒まれたら余計に面倒じゃ。行けばどうにでもなる」

「やめて〜〜」

鳥船はもう半泣き状態だ。

「須佐、君も止めてよ」

「えっ？」

お鉢が回ってきた。

「だって、もともと君が原因なんだろう。何とかしてよ」

「そんなこと言われても」

「黙りゃ！」

伊邪那美がぴしりと言い放つ。

逆らうことを許さないその響きに、ぴたりと二つの口が封じられた。

「お前たち、そこに直れ」

素直に板敷の間に正座しつつ、そっと辺りを見回す。

誰もいない。

八雷と色許女たちはとうに自分の持ち場に戻り、迦具土と弥都波は席を外すよう伊邪那美に命じられて退室していった。

須佐之男と鳥船だけが黄泉津大神の御前に取り残されて、揃って膝をたたんで座っている。

「なんで僕たちだけ……」

理不尽な気はするが、この上は大人しくお言葉を拝聴するしかない。

二柱の天つ神はしおしおと頭を垂れた。

「まったく。男と言うものは、しようのないものじゃ。細々したことを言い立てるかと思えば、肝心なところで気が利《き》かない」

観念した様子の男たちを見て、女神は機嫌を直したようだった。

「背の君も、どうも決断力に欠けるところがおありだった。在りし日にはいろいろと気を揉まされたものよ。女心にも疎《うと》く、衝突も度々あった。思い起こせば、妻問い始めのお言葉も、雅やら風情やらとはかけ離れたものでな……」

唐突な問わず語りに須佐之男は困惑した。こっそり鳥船を窺うと、こちらも豆鉄砲をくらったような顔をしている。

（なぜここで？）

まさか、こんなところで妹背《いもせ》の心のすれ違いの歴史を聞かされることになるとは。

「ここぞという時に善き対応ができぬようでは男がすたる。そなたたちは父の教訓に習うがよい」

妻を持たぬ息子たちを前に、伊邪那美は夫婦のなれそめを語り始めた。

国生み神生みの御祖、伊邪那岐と伊邪那美。その歴史ははるか天地《てんち》開闢《かいびゃく》の昔まで遡《さかのぼ》る。

「背の君とわらわは生まれながらに夫婦であり、妹背の契りによって国を生むという大役を仰せつかった。それは大層な栄誉であったが、わらわはただただ、愛しい君と結ばれるのだという幸福で満たされていた」

高天原から天降った伊邪那岐と伊邪那美は天の御柱《みはしら》の前で向かい合った。

伊邪那岐は極度に緊張した面持ちで、何度も口を開きかけては閉じ、それを伊邪那美はただ見守っていた。

大切な始まりの言《こと》の葉。ここから全てが始まる。

その一言を、伊邪那美は待っていた。

長い長い逡巡のあと、やっとのことで伊邪那岐が絞り出した言葉は――

『汝《な》が身は如何《いかに》にか成れる。』

――君の体はどんなふうにできているの？

「なにそれ！」

鳥船が頓狂《とんきょう》な声を上げた。

「なんと即物的な」

思わず須佐之男も呻《うめ》いた。いくら国生み神生みという大役を控えての求婚だからといってもあんまりだ。いきなり肉体の話を持ち出すとは。大らかと言えば聞こえはいいが……。

「ひどすぎるよ。女心への配慮がなさすぎる！　密事《みそかごと》に関わることはそんな公の場で堂々と口にするもんじゃないでしょ。もっと他にあるでしょ。愛しい妹に言うべき言葉が。前々からうっすらと思ってはいたけれど、父上ときたら――」

珍しくいきなり立つ鳥船を、女神が制した。

「まあ、それはよい。あの頃は背の君も若く初々しかった。照れくささのあまりと思えば可愛いものよ」

「……いいんですか」

勢いを削《そ》がれて、鳥船がかくんと首を垂れる。

「それよりも結婚の儀の時のことじゃ」

男と女は天の御柱を反対回りにぐるっと廻って、出会ったところで声をかけ合う。この時、男の方が先に声をかけるきまりになっている。

「一向に初めのお詞が聞こえてこなくてな。仕方なくわらわが先に詞を述べたのじゃ」

約《ちぎ》り竟《お》へて廻る時、

伊邪那美命、先に『あなにやし愛《え》おとこを』と言ひ、

後に伊邪那岐命、『あなにやし愛《え》おとめを』と言ひ、

各《おのおの》言ひ竟へし後、其の妹《いも》に告曰《つ》げたまひけらく、

『女人《おみな》先に言へるは良からず。』とつげたまひき。

「言うか？　一度ならず二度までも。初めの詞を言い損なったのは、どこのどなた様か」

「あー……」

須佐之男と鳥船はそろって大きく息を吐いた。

「それなのに自分の不甲斐なさを棚に上げて、女が先に言うのは良くないだと？　まるでわらわだけが悪いような言い様ではないか」

思い出しても腹が立つ。と、伊邪那美は「愛おとこ」の息子たちを前に怒りをぶちまけた。きりきりと眦《まなじり》がつり上がる。

（これはダメだ）

父をかばうわけにもいかない。

ただただ小さくなって聞いているしかないのだが、こうしていると自分たちが叱られているような気分になってくる。

「しかも初子《ういご》は、生まれつき骨が無くて、ひたすらふにゃふにゃしておってな。高天原の隠居爺《じじ》いたちにも同じことを言われて責められた」

不出来な子、いらない子、とされたこの神は、水蛭子《ひるこ》という。

「その子は、どうなったのですか」

須佐之男は思わす身を乗り出し、

「葦船に乗せて流した。地上では生きられぬからの。今も綿津見の宮で過ごしておる」

そう聞いてほっと胸をなで下ろした。

追放されたのは自分も同じ。見も知らぬ神であれ、同じ親から生まれたもの。つつがなく暮らしていると聞いて安堵した。

次々に国が生まれ、神々が生まれる。

その過程を、伊邪那美は延々と語り続ける。

話の果てはまだ見えない。

（ちょっと。いつまで続くの、これ）

口の動きを見られないよう袖で隠し、鳥船が囁く。

（さあな）

（足の感覚がなくなってきたんだけど）

（俺に言われても困るんだが）

囁きを交わしつつ、同じ心に願った。

（そろそろ勘弁してほしい）


「あの……」

男たちが音《ね》を上げかけた時、部屋の外、几帳《きちょう》の向こうから遠慮がちな声がして、願いを聞き入れてくれる神が現われた。

「白湯《さゆ》をお持ちしました。少しお休みになりませんか？」

救いの神は迦具土だった。

赤い漆塗りの器が三つ。水差しの注ぎ口からはふわりと白い湯気が立って、かすかに甘い花の香りがした。

「迦具ちゃ〜ん、ありがと〜。恩に着るよ」

大げさに両手を広げ、鳥船が迦具土に抱きつこうとし、転んだ。足が痺れきっているのを忘れていたのだ。迦具土はくすくすと笑いながら、伊邪那美に、鳥船に、そして須佐之男に、丸い器を手渡してくれる。

手のひらほどの大きさの器に湯を注ぐと、水面に桃の花が開いた。

「わあ、おしゃれ」

鳥船がはしゃぐ。須佐之男も、自分の手に持った器の中で花が開いてゆく様に思わず見入った。

「迦具土はこういうのが得意でな。いろいろ工夫をしてくれる」

伊邪那美は自慢げに言うと、一口桃湯を飲み、器を掲げてみせた。

「須佐之男どの、どうだ。飲んでみるか？」

挑発的な言葉だ。

これに口をつければ黄泉津戸喫の呪《しゅ》に囚われる。温かい器を手に、須佐之男は迷った。

伊邪那美が面白そうに見守っている。迦具土が細い首をかしげ、心配そうにこちらを見ている。赤い瞳の奥に、すがるような色が揺らめいている。

そして、鳥船は、

「飲んじゃいなよ。黄泉津戸喫の呪いなんて、気にするほどのものでもないよ」

何の躊躇もなく、くいっと器の桃湯を飲み干す。

「美味《おい》しーっ」

「お、おい。いいのか？」

「いいのいいの。僕なんて、ここに来るたびに美味しいものをいただいているけれど、黄泉の国から出られなくなったりしないもんね。一応天つ神のはずなんだけど、高天原にいる時間なんてほんのちょっとだし。つくづく渡り鳥だよねー」

「鳥船は旅路が家だからの。高天原も豊葦原も止まり木くらいの意味しかないのであろう」

「そうだね。寂しいけれど、そんな感じかな。でも、ここにいる時が一番落ち着くよ。居心地がいいんだ。お役目から完全に自由になれるところだからかな」

そう言って、ふと気づいたように首をひねる。

「あれ？　これって呪いのせい？」

ま、いっか。と呟きつつお代わりをねだる。

身も軽いが、性格も軽い。空を翔ける者はみなこうなのだろうか。

「よろしければ、氷菓も用意してありますよ」

にっこりと微笑む迦具土に、鳥船が飛びつく。

「食べる！」

差し出された白い石の器には、鳥の子色をした柔らかな氷菓がふんわりと盛られている。小さな竹の匙《さじ》ですくって食べるらしい。

「よく熟した桃の実を凍らせて、細かく砕いたものです」

単に砕くだけではない。凍らせて、砕いて、また凍らせて砕いて、という聞いただけで気が遠くなるような手間のかかる工程を経ている。

「あー。シャクシャクして、溶けるとトロトロ。これも美味しー。ああ癒される……」

そう言う鳥船も蕩《とろ》けそうな顔をしている。これ以上の幸せはないという、そんな顔を見せられたら、こちらとしても食べずにはいられない。

もともと他に行き所がなくてここへ来たのだ。ここが故郷となるのもいいかもしれない。

須佐之男は意を決して小さな匙を手に取った。淡くほろほろとこぼれる氷を匙ですくってゆっくり口に運ぶ。それがふわっとほどけた瞬間、桃の実の香りが広がった。今まで味わったことのない食感である。

「うん、美味い」

心配そうに覗き込んでいた迦具土が、ほっとした顔になった。

「貴重な体験だよね。火の神が作った氷菓子をいただくなんてさ」

「そんな、氷室《ひむろ》があれば誰にでも作れます」

はにかむ迦具土の両肩に、鳥船がぽんと手を置く。

「いやいや。作り手の心が籠もってるよ。こちらが今どんなものを欲しがっているか、きちんと考えてくれてるって分かるもん」

「うむ」

しみじみと桃の香りを楽しみながら、須佐之男も頷いた。

「この白湯も、花の他に何やらほのかに甘みがあるような」

「はい。水差しの底に桃の実が入れてあります」

よくお気づきですね、と嬉しそうに迦具土が頬を染める。

そこに伊邪那美が勢い込んで力説する。

「そうなのじゃ！　優しい子なのじゃ！　なのに背の君ときたら……」

どんっ、とこぶしで床板を叩く。宮が揺れた。

反射的にぴんっと背筋が伸びる。

「この子が生まれた折のこと――」

しまった。せっかく落ち着いていたところに、また火をつけてしまった。

「産屋《うぶや》がぼうぼう燃えている間いずこにおられたのかは知らぬが、収まってからのこのこといでになって、いきなり剣でもってこの子に切りつけたのじゃ！　そこでわらわは力を振り絞って、この子と弥都波を抱えて比良坂を――。そもそも弥都波が男を怖がるようになったのも背の君のせい。生まれて間もない頃に、目の前で父が己が子を斬るのを見れば無理もない」

つるつると、伊邪那美の口から言葉が滑り落ちてくる。

（ちょっと、また始まっちゃったよ。何とか話を逸《そ》らしてよ）

鳥船が伊邪那美の方を向いたまま、唇を動かさずに囁く。

（俺が？　何とかって言われても、急には）

肘で小突《こづ》かれ、須佐之男は必死に頭を絞った。

「え、と。この桃」

話の腰を折られて、むっつりと伊邪那美が黙り込む。

（美味いってのは、さっき言ったし。何て言えば）

額に汗がにじむ。須佐之男に向けられた大神の瞳は厳しいままだ。

「あ——そう言えば、こちらに来た時に拝見しましたが、見事な桃花の園でした。黄泉の国にも桃があるのですね」

「そうか…」

ゆっくり、一語一語噛み締めるように女神が答える。

「それはの、背の君の置き土産じゃ。わらわを迎えにいらした折の、な」

虎の尾を踏んだ。

（馬鹿馬鹿、バカーっ！）

（すまん）

「他にもあるぞ。山ぶどう、筍……」

「あ、あの、お食事の用意をしてきますね」

迦具土が逃げた。

「あっ！」

「ずるい！」

引き留めようと伸ばした烏船の手の先をするりとすり抜けて、迦具土は暗がりの中に消えていく。

（ごめんなさい）

ちらりとこちらを見た瞳が、すぐにすまなそうに逸らされた。

（逃げられる者はいい……）

逃げることを許されぬ者たちは、大人しく、黄泉津大神の御心のままに、話の続きを拝聴することにした。

「どこまで話したのだったか」

大神が舌の先で、ちらと唇を湿らせる。

「そうじゃ。あの時も、見舞いの言葉の前にいきなりお役目の話をなされて――」

『愛《うつく》しき我《あ》がなに妹《も》の命《みこと》、吾《あ》と汝《いまし》と作れる国、未だ作り竟《お》へず。故《かれ》、還《かえ》るべし。』

とのりたまひき。


つまり、仕事が全部終わっていないから帰ってこいということだ。

「臥せっている妻に向かって？」

「それはまた……」

まず他に言うべきことがあるだろうに。男女間のあれやこれやにまるで縁のない須佐之男でも分かる。これはマズい。

（父上ってば、つくづく気配り無さすぎ。一番嫌われる形《パターン》だよ）

（……俺も女性と接する時は十分気をつけるとしよう）

爾《ここ》に伊邪那美命答へ白《もう》さく、

『悔しきかも、速《と》く来《き》まさずして。吾《あ》は黄泉戸喫《よもつへぐい》しつ。然れども愛《うつく》しき我がなせの命、入り来ませる事恐《かしこ》し。故《かれ》、還らむと欲《おも》ふを、且《しばら》く黄泉神《よもつがみ》と相論《あげつら》はむ。我をな視《み》たまひそ。』

とまをしき。

如此《かく》白《もう》して其の殿の内に還り入りし間、甚《いと》久しくて待ち難《か》ねたまひき。

「あの時のわらわはは半死半生。全身が見るに堪えぬ状態だったからな。背の君が怖がると思って見るなと言うたのに。堪《こら》え性がないのも困りものじゃ。櫛の歯を折って、そこに火をつけてこっそり入ってこられた」

故《かれ》、左の御美豆良《みみづら》に刺せる湯津津間櫛《ゆつつまぐし》の男柱《おばしら》一箇《ひとつ》取り闕《か》きて、

一つ火燭《とも》して入り見たまひし時、

宇士《うじ》たかれ許呂呂《ころろ》きて、頭《かしら》には大雷《おおいかづちぉ》居り、胸には火雷《ほのいかづち》居り、

腹には黒雷《くろいかづち》居り、陰《ほと》には拆雷《さきいかづち》居り、左の手には若雷《わかいかづち》居り、

右の手には土雷《つちいかづち》居り、左の足には鳴雷《なりいかづち》居り、右の足には伏雷《ふしいかづち》居り、

并《あわ》せて八はしらの雷神成り居りき。

是《ここ》に伊邪那岐命、見畏《かしこ》みて逃げ還る時、其の妹伊邪那美命、

『吾に辱《はじ》見せつ。』

と言ひて、即《すなわ》ち予母都志許売《よもつしこめ》を遣《つか》はして追《お》はしめき。

「勝手に覗き見ておいて、悲鳴を上げて逃げるとは。あまりな仕打ち。そうは思わぬか?」

ちびりちびりと白湯で喉を潤しながら話し続ける、その口調が、だんだん熱を帯びてきた。

相槌を打つのもままならない。

(母上が召し上がっているのって、御酒じゃないよね)

(そのはずだが)

「迦具土を生んですぐあと、産屋が盛んに燃えている時、背の君はいらっしゃらなかった。わらわが息も絶え絶えに伏していた時、背の君は青い顔をして周りをうろうろしたり、地を転がって泣きわめいたり、……ったく!」

たん!

伊邪那美が器を床に叩きつけた。びぃーんと板敷の床が振動する。

ひそひそ話を交わしていた男神たちは、びくんと跳ね上がって姿勢を正した。

「手当をしてくれたのは黄泉つ神たちじゃ。やつらはまあ、見かけがちょっとばかりアレではあったが心根は悪くなかった」

黄泉は伊邪那岐と伊邪那美の国生み、国作りとは関わりのないところで成った国である。その頃には、美しきものとはまるで無縁であった。

伊邪那岐は受け止めることができなかったのだ。変わり果てた妻の姿も、天つ神とは全く異質な黄泉つ神も、そして黄泉の国そのものも。ただただ、穢《きた》なきものとしか映らなかったのだ。

父は優しい。しかし、その優しさがこの時は弱さとなって表われた。

(かばいようが、ないねえ)

(……うむ)

「そのまま帰らせるのもどうかと思って、色許女たちにあとを追わせたのだが」

爾《ここ》に伊邪那岐命、黒御《み》かづらを取りて投げ棄《う》つれば、
乃《すなわ》ち 蒲《えびかずら》の子《み》生《な》りき。
是をひろひ食《は》む間に逃げ行くを、
猶《なお》追ひしかば、

亦《また》其の右の御美豆良《みみづら》に刺せる湯津津間櫛を引き闕《か》きて投げ棄《う》つれば、
乃ち笋《たかむな》生りき。
是を抜き食む間に逃げ行きき。

伊邪那岐は、逃げながら身に着けていたものをむしり取っては色許女たちに投げつけた。

髪に巻いていた蔓草は根を張り、山ぶどうを実らせた。

櫛からは竹が生え、藪を作った。

「他にもいろいろなものを投げながら走り回るから、それらの回収に手間取って、どんどん追う者たちの数が膨れ上がっていってな。八雷まで動員するはめになった」

且後《またのち》には、其の八はしらの雷神に、千五百《ちいほ》の黄泉軍《よもついくさ》を副《そ》へて追はしめき。

「そうしたらまた、それに怯えた背の君が暴れて――。悪循環だった」

その光景が脳裏に蘇っているらしい。伊邪那美が遠い目をする。

「……」

「……」

一方、須佐之男と鳥船は気が遠くなってきた。

国生みの御祖《みおや》とは思えぬ情けなさだ。

そして自分たちは紛れもなくその父の子なのだった。

爾に御佩《はか》せる十拳劍《とつかのつるぎ》を抜きて、後手《しりえで》に布《ふ》きつつ逃げ来るを、
猶追ひて、黄泉比良坂の坂本に到りし時、
其の坂本に在る桃《もも》の子三箇《みみつ》を取りて、待ち撃《う》てば、悉《ことごと》に逃げ返りき。

こちらに向かって桃を投げつけてくる、その伊邪那岐の必死の形相を見て八雷たちは、一旦引き下がった。

「…という訳で、色許女たちが持ち帰った桃の種を植えて増やしたのがあの桃林なのじゃ」

やっと桃花園の由来までたどり着いた。

ほうっ、と我知らず、須佐之男は深い溜め息をついた。

（やっと……）

鳥船が焦点の合っていない目を宙に向ける。

（これで解放される、ね……）

そんな期待をよそに、

「八雷が引き下がってからは、仕方がないので、わらわが痛む体を引きずって……」

（ぎゃーっ）


その後も大神は語り続け、話は千引き石を挟んでの一件にさしかかった。

「今思えは若気の至り、というやつなのだろうな。わらわが、腹立ちまぎれに中の国の人草を一日に千人殺してやると言えば、背の君は、ならばこちらは千五百人産まれるようにすると返し」

目を伏せて、大神は自嘲気味に笑った。

「まるで、子どもの喧嘩じゃ」

その声がしっとりと懐かしさを含む。そしてしばしの沈黙。

「塞の爺もさぞ面食らったことだろうよ。つい先刻まで普通の大岩だった己が、突然神上《かむあ》がりし、気がつけば痴話喧嘩の真っただ中。さらには、塞坐黄泉戸大神《さやりますよみどのおおかみ》などという大層な名を与えられて……」

もはや息子たちは口を挟むこともせず、板敷の間は奇妙なほどに静まり返っている。

しかし大神の瞳は遠い昔を見据えたまま、気にする素振りもなかった。

「――爺が語ったところによると、別れを告げたあと、わらわがその場を去ってからも、背の君は千引きの石に額を押し当てて力なく寄りかかっておられたそうな。それを憐れんでか、菊理媛が背の君に声をかけた。何を言われたのやら。一言二言耳打ちされて、急に晴れ晴れとした顔になり、丁重に謝辞を述べると揚々《ようよう》と去って行かれたという」

心ゆくまで語り、胸の内にたまっていた鬱憤《うっぷん》を全て吐き出した大神は、桃湯を飲もうとし、すでに水差しが空になっているのに気がついた。

そしてその御前では、天つ神が二柱、心身ともに力尽きて、丸太のように転がっていた。

2　天照《あまてらす》

故《かれ》、是に速須佐之男命言《もう》さく、
「然らば天照大御神に請《もう》して罷《まか》らむ。」
といひて、乃ち天《あめ》に参上《まいのぼ》る時、山川悉《ことごと》に動《とよ》み、国土《くにつち》皆震《ゆ》りき。
爾《ここ》に天照大御神、聞き驚きて詔《の》りたまはく、
『我がなせの命の上り来る由《ゆえ》は、必ず善《よ》き心ならじ。我が国を奪はむと欲《おも》ふにこそ。』
とのりたまひて、即ち御髪を解きて、御美豆羅《みみづら》に纏《ま》きて、
乃ち左右の御美豆羅にも、亦《また》御かづらにも、亦左右の御手《みて》にも、各《おのおの》八尺《やさか》の勾たまの五百津《いほつ》の美須麻流《みすまる》の珠《たま》を纏《ま》き持ちて、
曾毘良《そびら》には千入《ちのり》の靫《ゆぎ》を負ひ、比良には五百入《いほのり》の靫を附《つ》け、亦、伊都《いつ》の竹鞆《たかとも》を取り佩《お》ばして、弓腹《ゆはら》振り立てて、
堅庭《かたにわ》は向股《むかもも》に蹈《ふ》みなづみ、沫雪《あわゆき》なす蹶散《けはらら》かして、伊都《いつ》の男建《おたけび》蹈み建《たけ》びて待ち問ひた

まはく、

『何故《なにしかも》上り来つる。』

と、問ひたまひき。


天の機殿《はたどの》で、天照大御神は織女たちに交じって機を織っていた。

乙女たちはよどみなく手を動かしながら、口の方も休むことがなかった。

こうして織女たちと他愛もないおしゃべりに興じている時が、天照にとって一番心安らぐ時であった。

高天原は今日も平穏である。高天原が平穏であれば豊葦原もそうであるはずだった。

父の伊邪那岐が愛する妻を失って途中で放棄してしまった国づくりは、勤勉な豊葦原の国つ神たちが引き継いでくれている。大きな厄災に見舞われない限り、高天原がわざわざ手を出すこともない。

自分がこうして笑っている、これが豊葦原が幸せで満ち足りている証だ。

「姉上」

戸の外から声がした。

御簾《みす》の向こうに淡い月草色の影が見える。

月読だ。

織女たちがぴたりと口を閉じる。

機殿は女子の聖域。何事にも控えめな月読は、いつも少し離れたところから声をかける。時に男神たちには聞かせたくないような話をすることもあるので、彼の心遣いはありがたい。ありがたいが、屋内の声に消されて聞こえないこともままあった。

「夕餉《ゆうげ》の支度が整いました。どうぞお越しください」

豊葦原が昼から夜へと移り変わる時に合わせて、天照と月読は夕餉を共にする。それがいつからともなく習慣になっていた。今は父の伊邪那岐が高天原に滞在しているので、親子で食卓を囲むという、贅沢な時間になっている。

「少し待ってくれますか」

天照がやりかけの作業を終えてしまうのを、月読は静かに機殿の外で待っていた。

「では、参りましょう」

黙したまま頭を下げる月読の、結わずに垂らした烏羽玉《うばたま》の髪がふわりと揺れた。

口数の少ない月読と並ぶと、話し手は専ら天照になる。月読は白い顔に優しげな笑みを浮かべて姉の話を聞いている。返ってくるのは短い言葉と穏やかな笑み。衣擦れの音。

月読が取り乱す姿を、天照は見たことがない。おそらく高天原の誰も見たことがないだろう。

その静かなたたずまいを眺めていると、どうしてもここにいない誰かを思い出してしまう。月読とは比べようのない、「やんちゃ」とか「腕白《わんぱく》」などといったありふれた言葉からはみ出していた型破りな弟を。

（須佐之男は、どうしているかしら）

姉弟が高天原で共に過ごしたのは、童神だった頃、ほんのしばらくの間だった。

彼はあの事件のあと、高天原から追放されたのだったか、自ら出奔《しゅっぽん》したのだったか。その辺りはあまりよく覚えていない。

ぼんやりと物思いにふけりながら歩いていたため、前から急ぎ足でこちらに向かってくる女神に気づくのが遅れた。

「探女《さぐめ》、どうしました？」

足を止め、頭を垂れる女神に尋ねる。

「間もなく天鳥船さまがいらっしゃいます」

「そう」

天探女《あめのさぐめ》。彼女の目は遠くまで見通す。そして聡《さと》い。いつも豊葦原の様子を報告してくれるのはこの神だ。

しかし天照は少しこの女神が苦手だった。同じ知恵者でも、いかにも好々爺然《こうこうやぜん》とした思金《おもいのかね》と違い、常に沈着。表情に乏しく、得体の知れぬところがある。

（鳥船なら知っているかもしれない。聞いてみようか、須佐之男が今どうしているか）

そう思った正にその時、探女が言葉を継いだ。

「須佐之男さまもご一緒です」

「え？」

胸の内を見透かされたかと、一瞬ぎくりとした。だが、やはりその細面の顔には何の表情も浮かんではいなかった。

「他にも私の存じ上げない神が三柱。大層格の高いお方とお見受けしました」

「そう……」

格が高く、探女に見覚えがないとなると豊葦原の国つ神ではない。当然天つ神であるは

ずはないから、
（黄泉つ神）
それは須佐之男が黄泉津大神を伴って高天原に戻ってくる、ということか。
（今さら、どういう意図で）
いつの間にか探女が御前を去って行ったのにも気づかなかった。
「姉上？」
黙り込んでしまった姉を案じて月読が声をかけたが、その声も耳には届いてない。
天照は、しばらくその場で立ち尽くしていた。

豊葦原は天と地、高天原と黄泉の間にある。ゆえに、中つ国と呼ばれる。
中つ国の空高く、一艘の船が高天原を目指して進んでゆく。船の正体は天鳥船だ。
鳥船は常の姿とは別に、もう二つの態《てい》を持つ。
空を翔ける時は白き鴻《おおとり》、さらには、銀の鱗を煌《きら》めかせる竜身の船に変化する。
「喧嘩《けんか》を売りに来たと思われたら困るから、武闘派は不可！」
出立前、これだけは譲れないと鳥船は頑として主張した。

「間違っても八雷なんか連れて行かないからね。色許女もだめ」

ぐいっと顔を須佐之男に近づけて、声を低めて言う。

「当然、君は行くよね」

「う、それは……」

黄泉に住むのなら、当然姉に報告しなければならない。

天つ神たちに自分がよく思われていないのは分かっている。過去の自分の悪行、子どもの悪戯《いたずら》の範疇《はんちゅう》を越えた行ないの数々を、彼らは忘れてはくれないだろう。

怒り狂った姉が窟に閉じ籠もって世の中が暗闇に包まれてしまったのも一度や二度ではない。豊葦原にとってもいい迷惑である。

鳥船に伝言を頼んで、何とか彼らに会わずに済ませられないかと密《ひそ》かに考えていたのだが。どうやら虫が良すぎたようだ。

鳥船が目を細める。

「まさか、君、母上のお目付け役を、僕だけに押し付けようとか思っていないよね」

実は、思っている。

そんな須佐之男の顔色を読んで、さらに鳥船が念を押す。

「母上と天照の御対面の場に居合わせたくないなんて、言わないよね」

言わせてもらえるのなら、言いたい。

が、その本音はかろうじて口に出さず、腹の内に飲み込んだ。

「……分かっている。お前だけに苦労をさせたりしない」

「ならいいけど」

伊邪那美は迦具土と弥都波を連れて行きたがったが、弥都波は見知らぬ神が大勢いる見知らぬ場所には行きたくないと宮の奥に引き籠もってしまった。その代わり、というわけでもないのだが、どこからか話を聞きつけた菊理媛がちゃっかりと一行に加わっていた。

その結果でき上がったのが、この黄泉で最強の霊力集団である。

高天原の統治者である天照大御神の弟、建速須佐之男の命。

黄泉津大神、伊邪那美の神。

その息子で、生まれ出る時に母を黄泉送りにした火之迦具土の命。

中でも、愛らしい童女の姿をした菊理媛が、実はどの神よりも底が知れないのだが。天つ神はどう見るだろう。

船は滑るように天空を行く。

きらきらと金のたてがみが靡《なび》く。

夏と秋の狭間の季節。

白い雲がふんわりと浮かんでいる。手を伸ばせば届きそうだ。

菊理媛がその雲を掌に掬《すく》い取ろうと身を乗り出した。その体を支えてやりながら、須佐之男が迦具土に尋ねた。

「初めて見る地上の景色はどうだ?」

「まぶしいです」

迦具土は目をしぱしぱと瞬《またた》かせている。元から赤い瞳にうっすらと涙の膜が張っている。昼の光は、闇に慣れた者には輝きが強すぎるようだ。

「無理はするな。つらかったら目を閉じていろ」

「大丈夫です」

柔らかく、迦具土は微笑んだ。

「こうやって豊葦原を明るくしているのが、天照さまなんですよね。すごいな」

「昼はな。夜は月読に交代する。月の光はもっと薄くて柔らかい。夜に出発すればよかったな」

――冗談！

遠いのか近いのかよく分からないところで、鳥船の声がした。

――夜に空を飛ぶなんて、自殺行為だからね！

（やっぱり、鳥なんだな）

鳥類の多くは夜目が利かないという。

もちろん鳥船は、単に、視界が狭くなって危ないということを言っているのだが、その名からつい連想がはたらいてしまった。

――なに笑ってるの。

鳥船の声が険を帯びる。

「いや、なんでもない」

慌てて須佐之男は口元に手をやった。ふん、と鼻を鳴らす気配がした。

――別にいいけどさ。もうすぐ着くから、心の準備をしておいて。

伊邪那美は面々から距離を置き、後ろの方、竜尾の手前でむっつりと座り込んでいる。

胸中何を思うのか、出発してから一言も言葉を発していない。その身体を、ぴんと張り詰めた冷たい空気が取り巻いていて、話しかけるどころか、そちらを振り返ることもできない。

「あちらに知らせをやらなくて、よかったのか？」

今さらなことを呟くと、

――大丈夫だよ。探女あたりがとっくに僕たちを見つけて報告しているさ。

あっさりとした返事が返ってきた。

――そんなことより、父上と月読は当てにならないから。何かあったら君が善処してよ。

「……やっぱりそうか」

もとより期待はしていなかったが。月読はともかく、息子に当てにされない父がなにやら哀れなような気がした。

（さて、姉上はどう出るか）

遠くに思いをはせる須佐之男の目に、無邪気にはしゃぐ菊理媛の姿が映った。

＊

天照は念入りに身支度を整えた。その出で立ちは、まるで戦《いくさ》に赴くかのようであった。

髪は角髪にして、勾玉を通した紐でしっかりと結ぶ。首にも手首にも幾重にも災い除けの玉を巻いた。男神の装束を着て腰には剣を帯び、梓の木で作った天の鹿児弓《かごゆみ》を手に天の安河のほとりに立つ。

烏船が黄泉つ神たちを運んでくるなら、必ずここを通る。

高天原に災いをもたらすつもりなら、ここで止めねばならない。

豊葦原はもう宵の明星が輝く時分だ。烏船は夜の飛行を嫌う。もう河原のどこかに着いているはずだ。

「姉上、御身が危なくはありませんか？」

「お前は父上と共に後方へ下がっていなさい」

月読は優しい。だが、こういう事態には何の役にも立たない。

「……はい」

月読はおとなしく頭を下げる。さらり、と宵闇の髪が流れた。その後ろ姿が遠ざかっていくのを背中で感じながら、天照は前方に目を凝らした。

＊

「さっきから殺気のようなものを感じるんだが」

「なにそれ。洒落《しゃれ》のつもり?」

「そうじゃなくて……」

天の安河。

白くて軽い石が、足元でさくさくと音を立てる。

わざと強く踏んだり飛び跳ねたりして音と感触を楽しんでいる菊理媛の手を引きながら、須佐之男はぴりぴりと張りつめた空気が肌を刺すのを感じていた。

「分かっているよ。天照、でしょ」

鳥船が指さした方向に、ひと際まばゆく輝く光が見えた。

「お迎えだよ」

＊

対岸に四つの影が見える。うち一つはやけに小さい。童神なのだろう。

両足を肩幅に開いて立ち、天照はすう、と胸いっぱいに息を吸い込んだ。

「我が弟よ。何をしに参った」

腹の底から大音声を響かせて問う。

その声は静かな河のほとりに轟き渡った。

びくっと迦具土が須佐之男の背後で身を縮める。菊理媛がきょとんと首をかしげて足にしがみついてきた。

「何、というほどのことはない。住処を変えるに当たって、姉上にご報告に参ったまで。他に意図はない」

できるだけ穏やかに返す。返したつもりだった。

「これまでもさまざまに居場所を変えていたようだが、何の知らせもなかった。なぜ此度《こたび》だけわざわざ足を運んだのか」

「今までは決まった住処が無かったからだ」

「それが、今頃決まったというのか」

天照の声が厳しくなる。

「到底信じられぬな。訪いがそなただけであったならまだしも、穢《きた》なき黄泉つ神まで伴ってとあらば、邪心ありと見られても仕方ないことくらい、そなたでも分かるであろう」

迦具土が息を飲む。

「あちゃー」

鳥船が天を仰いだ。

天照は誇り高き天界の支配者である。

高天原を、ひいては豊葦原を善き方向に導くのは自分であるという自負がある。

その矜持《きょうじ》が言わせた言葉であろうが、これは失言だった。

――穢《きた》なき黄泉つ神。

初対面の黄泉津大神を前に、言ってはならない言葉を口にしてしまった。

「あ、……」

姉上、と何とか執《と》りなそうとした須佐之男の背後から、ゆらり、と伊邪那美が進み出た。

しなやかな、優雅な動作ではあったが、その身から隠しようのない怒りの炎が燃え上がるのが見えた。

多分、対岸からも十分見えたであろう。

ざざっ、と天照の後ろを固めていた天つ神たちが一斉に後退《あとじさ》る気配がした。

「ほほう……」

伊邪那美の朱い唇が開いた。

「穢《きた》なき黄泉つ神は、邪《きたな》き心を持っているものだ、と。清らかな天つ乙女はそう思っておられるのだな」

殊更《ことさら》に、「乙女」に力を込める。

「狭量《きょうりょう》なことよ。現世を知ろしめす御方が、このような稚《わか》き姫神だとは。わらわも思いも寄らなかったわ」

白い頬を真っ赤に染める天照大御神。

その正直な反応を面白がるかのようにうっすらと笑みを浮かべる黄泉津大神。

天つ国と地の国。

生者の世を統《す》べる女神と、死者の世に君臨する女神。

全く対照的な二柱の神の御姿は、まるで鏡に写したかのようにそっくりであることに、居並ぶ神々は、今さらながら気づいた。

天照と伊邪那美、双方に見《まみ》えたことのある者がそもそも高天原にはいない。

（ちょっと、これ、どういうこと？）

よく顔を合わせているはずの鳥船でさえ気づいていなかったらしい。

（さあな）

身じろぎすらままならぬ雰囲気の中、くいくい、と菊理媛が須佐之男の袖を引っ張った。何とかしろ、とその目が訴えている。しかし、今は口を挟めるような空気ではなかった。

「わらわは背の君がここにおられると聞いて、一目お会いしようと思い、参った。しかし、この言葉も信じられぬのであろう」

天照の表情は硬い。挑発に乗るものか、という気概が彼女からゆとりを奪っている。

「あなたはすでに父上とは事戸《ことど》別れをした。妹背の縁《えにし》は断たれている」

「確かに。しかし、互いを想う心は事戸の関では止められぬぞ。それが男女の仲というもの」

伊邪那美の視線がついと天照から逸らされ、天つ神たちの後方、とある一点に注がれた。

「我が背の君、伊邪那岐の命。そちらにおられるのでしょう。あなたもわらわを信じられませぬか。あなたを慕って来た哀れな女に、このまま帰れと仰せですか」

さわさわと座が動いた。天つ神の集団が二つに割れて、その後ろに月読に付き添われた伊邪那岐の姿が見えた。

「吾妹《わぎも》……」

「父上！　お出になられますな！」

ふらりと一足、前へと踏みかけた伊邪那岐を天照が制する。

「さても情の強《こわ》いこと」

娘に止められ、固まったままの元夫を見て、黄泉津大神が忍び笑いを洩らした。

「よかろう。では、誓約《うけい》をしようではないか」

「誓約？」

警戒心も露わに、天照が聞き返す。

「そなたが手にしているその鹿児弓。それでわらわを射よ」

「母上！」

迦具土が悲痛な叫びを上げたが、伊邪那美は振り返りもしなかった。

「もし邪心あらば、そなたの矢がわらわの胸を貫くであろう」

「……よいのだな」

「手加減は無用。力の限り弓を引け」

異を唱える者はいない。

二柱の女神は数歩ずつ前に進み、天の安河を挟んで対峙《たいじ》した。

女神たちの気がぶつかり合って、穏やかに流れていた川面にさざ波が立ち始めた。

おもむろに、天照が天に向かって矢をつがえた。

きりきりと弓が引き絞られる。

一同は固唾《かたず》を飲んで事の行方を見守った。

最初は微かに。そして少しずつ、少しずつ川面の波頭は高くなり、渦を巻く。

渦は大気を巻き込んで次第に大きくなり、巨大な鎌首《かまくび》を天に向けた。

「水の蛇、きれい」

今ここで、心に余裕のある者は菊理媛だけだった。目をきらきらさせて見入っている。

場の緊張が極限まで高まった時、天照が矢を放った。

「わらわの心に邪心あらば、その矢よ、我が胸を貫け！」

伊邪那美の声が安河に響く。それに天照が和した。

「この者の言葉に偽《いつわ》りなくば、この矢よ、我が疑心を砕け！」

ひょうっ、と唸りを上げて矢が天空を切り裂いた。

高天原の空、遥か高みに矢が吸い込まれていく。

その矢を、蛟《みずち》が追った。

身をくねらせ、上へ、上へ。

蛟が矢に追いついた。

矢を咥《くわ》えると、蛟は大きく身を振るった。

蛟が水に戻る。

水は地に戻ろうとする。

ザンッ！

盛大な水しぶきが両岸に居並ぶ者たちを襲った。

きゃあ、とか、わあ、とかいう悲鳴が水音に交じって聞こえてくる。

滝のように流れ落ちてくる水の中、須佐之男は菊理媛を全身で包み込んでかばった。


ややあって、皆が恐る恐る目を開くと、天照と伊邪那美が先ほどと寸分たがわぬ姿勢で川を挟んで向き合っているのが目に入った。全身ずぶ濡れである。

再び水面は穏やかに凪いで、蛟の姿は跡形もない。

「随分と荒々しい歓迎じゃの」

にいっ、と伊邪那美が赤い唇の端をつり上げた。

「なるほど。禊をせねば、高天原には入れぬからな」

一方、天照は血の気の失せた顔で、大きな目を見開いていた。全身がカタカタと小刻みに震えている。

「大御神さまの御髪が！」

悲鳴に似た声が聞こえた。

天照の左の角髪がほどけて、水に濡れたつややかな黒髪が肩に、背中に張り付いている。何事かとその足元を見れば、飾りにつけた勾玉が地に落ちて、近くに矢が突き立っていた。

天つ神たちがざわめき始める。

声もなく立ち尽くしていた天照は、姉を気遣って傍らに来た月読に袖を引かれて、はっと我に返った。

きっ、と背後の天つ神たちを振り返り、はっきりとした口調で言い渡す。

「皆の者、もてなしの用意を！　高天原始まって以来の大切な客と心得よ」

凜《りん》としたその声にはもう動揺の欠片《かけら》もない。

慌てた天つ神たちが、ばらばらと自分の役目を果たすために散ってゆく。

高天原に活気が戻った。

（さすが姉上、と言うべきか）

須佐之男は唸った。

先ほどの誓約は、勝ち負けで言えば天照の負けであろう。潔《いさぎよ》くこの結果を受け入れ、しかも決して卑屈《ひくつ》になることがない。この度量はどうだ。

（それなのに、どうして――）

天照が去ってゆく、その後ろ姿がとてもか弱く儚げに見える。

（俺は今まで、何を見ていたのだろう）

ついぞこんな思いを抱いたことはなかった。

白い鳥たちが河に橋をかける。

その橋を渡り、黄泉津大神を始めとする五柱の神々は高天原に招き入れられたのだった。

3 岩戸隠《いわとがくれ》

宮の内に収まりきらぬ神々は、園庭にまで宴の場を広げた。

急ごしらえとは言え、それはなかなかにきらびやかな設《しつら》えであった。

常葉木立には白と青の布帛《ふはく》がかけられ、さらさらと風に靡いている。

あの見晴らしの良い場所に鎮座する、大きな岩は祭事に使うものだろうか。高さはそれほどでもない。腰の辺りまであるかどうか。平たい一枚岩である。傍らに立つ賢木《さかき》の梢には連ねた玉が飾られて、まるで鮮やかな赤や青の実をつけているかのようだ。

天つ神たちの心尽くしで、膳には山海の珍味が並び、天つ乙女たちが醸した最上の酒が供された。高天原で暮らした経験のある須佐之男にも初めて目にするものばかりだった。

あの凄まじい誓約のあとのことで、天つ神たちは妙な熱を帯びて浮かれ、はしゃいでいる。いつ宴が始まったのかさえ、定かではない。

そこここに楽しげな輪ができ、皆が落ち着くところに落ち着いた頃、須佐之男はそうっと上座から滑り出た。階《きざはし》の脇で、年古りた松の根にもたれてひとり杯を傾ける。ここからは苑の様子がよく見渡せる。宴の賑わいを肴にちびりちびりとやるのは悪くなかった。

「なんと愛らしい神であろう」

「常世にもこのような清らな方がおわしたとはのう」

「ささ、こちらで菓子でも召し上がらぬか？　甘いぞ」

手力男《たぢからお》を始め、天つ男神たちは菊理媛の愛らしさに目尻が下がりっぱなしだ。

初めのうちこそ、菊理媛はもじもじと須佐之男の背中に隠れていたが、もともと懐っこい性質である。あちこちから優しい言葉をかけられ、手招きをされ、それが御愛想からではなく心からの好意だと分かると、にこおっ、と天つ神たちに笑いかけた。

笑いかけられた方は、ふにゃあ、と蕩《とろ》けるような顔になる。

「かわゆいのう」

「ほんに、かわゆいのう」

「ほっぺもすべすべで」

「餅よりもふわふわじゃ」

めろめろのでれでれとしか形容のしようがない、しまりのない顔で、天つ神たちはちゃほやと菊理媛を甘やかした。

一方、迦具土は困惑していた。

「麗しいお方ですこと」

「ほんに。女としては妬ましい限りですわ」

天つ乙女たちに取り囲まれ、おろおろとしている。

そこに、月読が乙女に手を引かれて連れてこられ、強引に迦具土の隣に座らされた。

「ほうら、わたくしの言ったとおりでしょ?」

月読を連れてきた乙女は自慢げに胸を反らす。

「まあ、ほんと」

「よく似ておいでだわ」

月読と迦具土は顔を見合わせた。お互いともに情けない困り顔である。

どちらも、賑やかな性質ではない。容姿こそ麗しいものの、華やかな席でも隅っこでひっそりと地味にしている方が落ち着く。それが、こんな大きな宴の席のど真ん中で、大勢の着飾った女神たちに取り巻かれては、身動き一つままならない。

「御髪の形を同じにしたら、もっと似て見えるわよ」

「ああ、それはいい考えだわ。誰ぞ櫛を」

「飾り紐を」

「玉を」

こうなったら止まらない。

否《いな》とも言えず、乙女たちにいいようにもて遊ばれる。

「あ、あの……」

「少し、痛いのですけれど……」

髪を解かれ、また結い上げられ、首にじゃらじゃらと玉を巻きつけられ、

「これでどう？」

きゃあきゃあと歓声を上げる女の集団の中央で、存分に飾り立てられた月読と迦具土が同じようなうつむき加減の姿勢をして、身を小さくして座っている。

その髪は夜の色と火の色。瞳は藍色と紅色。色は違えど、確かによく似通っていた。

「見て見て～」

お調子者の声につられてそちらを見た男神たちから、どよめきが上がった。

「おお、これはこれは！」

「なんともはや……」

「この御方々の御前では、百花も色を失いますな」

次から次へと賛辞が浴びせられる。

「天つ女神に言問い申す」

「御名を宣《の》らせたまえ」

酒の勢いを借りて、花を差し出すものまで現われる始末だ。

「これなるは、夜の食国を知らしめたもう光の女神、月読の命」

月読の背後から、誰かが声音《こわね》を使う。そして、迦具土の後ろからも。

「これなる姫神は耀《かがよ》う火の神、迦具土の命と申し上げる」

その名乗りに、どっと笑いが湧き起こる。

無礼講《ぶれいこう》、ここに極まれり。宴慣れしていない迦具土は涙目だ。いたわるように、その細い肩を月読がそっと抱き寄せる。

(そう言えば)

先ほどから、この場で一番輝かしいはずの光が見当たらない。

(姉上はどこだろう)

須佐之男がその姿を探そうと頭をめぐらした時、

「なるほど、よく似ておいでだ」

いきなり隣で嘆息する声がした。びくっと身を引くと、いつからそこにいたのやら、杯を手にひっそりと座す思金《おもいのかね》が、感に堪えぬと言ったように大きく息を吐いた。

「天つ神、黄泉つ神。月の神、火の神。生い立ちも役割も全く異なる方々が、これほど似ておいでだとは今まで知りませなんだが」

「俺もだ」

須佐之男は勧められるままに杯を干し、新たな酒を受けた。

初めて迦具土に会った時に感じた既視感はこれだったか、と今さらながら思い当たる。

「お二方に共通するところと言えば……」

ぐいっと杯を干してから、思金がぼそり口にする。

「『成り成りて成り余るところ』と、『成り成りて成り合わざるところ』のどちらもお持ちではないというところ――ですか」

ぶっ！

口に含んだばかりの酒が、霧となって勢いよく噴き出した。

「おやおや」

思金はひょいと後ろに身を引いて難を逃れた。

「はあ⁉」

酒飛沫《さけしぶき》に濡れた唇から間抜けな声が洩れる。須佐之男は腰を浮かせ、思いきり目を剝いて思金を凝視《ぎょうし》した。通りすがりの乙女たちが振り返り、くすくすと笑いながら離れてゆく。

「ご存じでは、なかったですかな」

食えない翁神は何事でもないかのように飄々《ひょうひょう》と、また、須佐之男の杯を酒で満たした。澄んだ酒の面にさざ波が揺れる。

ずっと兄だと思っていた月読が、男神ではない？

「正確に申しますと、月読どのはその御魂《みたま》の内に両方の性質をお持ちでございますよ」

それに、迦具土の名のひとつに『火之夜芸速男神』という名がありはしなかったか。

「確かに、お生まれになった時には男神でいらしたようで。しかし、その性固まらぬうちに伊邪那岐の君に御身を切られ、黄泉に向かわれました。その時に失われたのでしょうな」

じっと杯の酒を覗き込む。翁神の語りを聞いていると、杯の底にその折の凄惨な絵図が揺らいで見えた。

「まあ、刻々と姿を変える月に火。一つの形にとらわれぬ神には性差など、些細《ささい》なことでございましょう」

逞しくなりたいと言った、迦具土のひたむきな瞳を思い出す。

(些細なこと、だろうか)

腰を浮かせたままの須佐之男に思金が酒を勧める。

「まあ、もう一献」

注《つ》がれるままに一杯、もう一杯。

「いい飲みっぷりですな。ささ、どうぞ」

幾度か杯を仰いで、ようやく須佐之男は腰を落ち着けた。

「不思議ですな」

しばらくの沈黙のあと、明るい空を仰いで思金が呟いた。

「似てるといえば、あの御方々も」

「ああ」

現世の最高神と常世の最高神。天照と伊邪那美。

双方の縁を介する立場の伊邪那岐は、妻の隣で行儀よく膝頭《ひざがしら》を揃えて座している。その二柱の周りには妙に張りつめた空気が漂っていた。誰もかれもそっと遠巻きに窺うだけで、夫婦の語らいに水を差そうなどという無粋な者はいない。周囲は禁足地になってしまっている。

伊邪那美は特に気にする様子もなく、微笑みを浮かべ、時おり伊邪那岐に話しかけては杯に酒を注いでいた。

「ここに左の御目を洗いたまう時に、成れる神の名は、天照大御神。次に右の御目を洗いたまう時に、成れる神の名は、月読の命……。伊邪那岐の大神の御目にはそのときどなたの姿が映っておられたのやら」

思金がうそぶく。空に向けられた目は、過ぎ去った時を見ているかのようだった。

「興味深い話だな」

ぐいっと須佐之男は杯をあおった。はかなく黄泉に去った妻への愛と、我と我が手にかけた息子への負い目。父の瞼《まぶた》の裏にその姿が映っていたというのはあり得る話だ。

だが、そうだとすると自分は？

姉が伊邪那美の面影から、兄が迦具土の面影から生まれたというのなら、鼻を洗った時に生まれたという自分は。

もう一杯、もう一杯。無言のまま酒を流しこむ。翁神は遠いところに目をやったまま、若い男神の心中には何も触れなかった。

宴もたけなわ。盛り上がりは最高潮に達していた。

中心はちょうど、あの平たい岩の辺りだ。天つ神たちが押し寄せて岩の周囲を取り巻き、色とりどりの垣ができていた。

「鳥船、踊ってくれよ」

鳥船が岩の上に引っ張り上げられる。

え〜っ？　と言いながらもまんざらではない様子だ。

「宇受売《ウズメ》も踊ってよ」

少しふくよかな乙女が押し上げられる。

（なるほど。こういう使い途もあるのか）

開けたところにぽつんとひとつ。あれなら離れたところからでもよく見える。

（ここからでも十分だな）

思金が須佐之男に新たな杯を差し出す。須佐之男が返杯する。そうこうしているうちに楽の音が調えられ、ほっそりと背の高い鳥船と、ふっくらとした宇受女が背を合わせて立った。ゆったりとした調子に合わせて舞い始めてみれば、なかなかに気が合っている。

色鮮やかな比礼《ひれ》を翻して舞う鳥船を見てふと思い当たる。

(さては、鳥船も『持たぬ者』か)

母から妻問いのありさまを聞かされた鳥船の姿が、酒でぼんやりとした脳裏に蘇る。

『ひどすぎるよ。女心への配慮がなさすぎる!』

(やけに向きになるものだと思ったが)

男でもなく女でもない在り方とは、どういう心持ちなのだろうか――。須佐之男は、彼にしては、珍しく感傷的な気分に浸《ひた》った。

と、その時、ふっつりと闇が落ちた。

しん、と座が静まり返る。

何事かと振り仰いだ空に日の光はない。高天原には珍しく、月明かりと星明かりだけの夜が広がっていた。

黄泉の闇に慣れた者にとってはこれでも十分明るいのだが、高天原の者にとってはそうではないらしい。怯えたように身をすくめて、あるいはぽかんと口を開けて、ただただ呆然と空を眺めている。

「迦具、灯りをともしておやり」

静けさの中、伊邪那美の低く抑えた声がよく通る。

「は、はい」

迦具土の掌から赤い炎の塊が生まれる。ひとつ、ふたつ……。ふわりふわりと、幾つも宙に浮いて園庭の隅々まで照らし出した。

「大御神のお計らいじゃ。たまにはこういう夜もよかろう。われらはもう十分高天原の輝かしさを堪能した。この機会に、天つ国しか知らぬお歴々に夜見の宮の風情を味わっていただこう」

伊邪那美の言葉に、おおっ、と天つ神たちの間からどよめきが上がる。笛やら鳴り物やらを持つ者たちは気を取り直し、今度は拍子の早い楽を奏で始めた。

賑やかな楽の音に合わせて鳥船と宇受売が踊る。手拍子を鳴らす者、一緒に踊ろうとする者。やんやと喝采《かっさい》が湧き起こる。宴は息を吹き返した。が、その賑わいはどこかぎこちなく、上ずった空気をはらんでいた。

「須佐之男どの」

舞台の方を向いたまま、思金が囁く。

「分かっている」

須佐之男は腰を上げた。

「頼みましたぞ」

その背中をちょこちょこと菊理媛が追いかけていくのを、男神たちが残念そうに見送った。


高天原が暗闇に包まれたのはこれが初めてではない。

須佐之男が以前に滞在していた時、何度かこういうことがあり、そもそもの原因は全て彼にあった。

天照は怒りっぽい神ではない。

大らかで優しく、他に対して寛大すぎるほどである。だからこそ、一度機嫌を損ねるとその怒りは並外れて激しく、そして静かだ。嵐のように猛り狂うのではなく、巌のように頑としてこの世の全てを拒否し、閉じ籠もってしまう。

太陽神が身を隠せば、現世全てが闇に包まれる。今回はたまたま夜、月読の時間であったのは不幸中の幸いと言うべきか。

昔、須佐之男が天照を怒らせる度、窟に籠った彼女を外に出すために思金を始めとする天つ神たちは大変な苦労をした。知恵を絞り自ら外に出てくれるよう働きかけたり、半ば無理やり強引に力ずくで引きずり出したこともある。

月明かりの中に青く沈む高天原の景色が、須佐之男を遠い追憶へと誘《いざな》った。

（一番ひどかったのは、あの時だった）

須佐之男が、高天原を追われることになったあの事件。なぜあんなことをしたのか、動機は定かではない。何事にも優れた姉に対する反発もあったのだろうが、大して深い考えがあったわけではないのだろう、と当時の自分を振り返って思う。

天照大御神の営田《つくだ》の阿《あ》を離ち、其の溝《みぞ》を埋《うず》め、
亦其の大嘗《おおにえ》を聞こしめす殿に屎《くそ》まり散らしき。

始めに、田んぼの畦《あぜ》を壊した時、姉の対応はおとなだった。

『畦が無駄だと言いたいのでしょう。全部均《なら》してしまった方が、耕地が増えますもの』と、おっとりとかばってくれた。

収穫前の田に、馬で乗り入れて稲穂を倒してしまった時も何も言わなかった。

その優しさに甘え、調子に乗った須佐之男の狼藉《ろうぜき》はひどくなっていった。挙げ句、姉の一世一代の大舞台、新嘗祭《にいなめさい》をめちゃくちゃにしてしまったのである。

その祭りは、天照が天の統治者として最初に行なう儀式であった。ゆえ、翌年からの新嘗祭と区別して大嘗祭とよばれる。新嘗祭はこれはこれで重要な儀式だが、大嘗祭には比べるべくもない。天照にとっての大嘗祭は、一回こっきりなのだから。

高天原では全てのものが新しく造り直された。

天照のための宮も、新しい材を使って建てられた。

清らで荘厳《そうごん》な新宮《にいみや》を見た時、須佐之男の胸にはむくむくと悪戯心が湧き上がった。

——何をしてやろうか。

うんと驚かせて、困らせて、姉上のあの澄ました顔が赤くなったり青くなったりしておろおろするところを見てみたい。

はた迷惑な野望を抱いて、前日にこっそりと忍び込んだ。

何も知らない天照は、朝早く、いつもより念入りに禊をし、神々にかしずかれて新宮に入った。真新しい木肌の香りがする。

しずしずと高御座《たかみくら》についた天照は、違和感を感じた。

何か、柔らかいものを踏んだような……。

ぷ～ん、と漂うこの臭いは……。

皆が異変に気付いた。

しかし、誰も何も言わなかった。言ってはならなかった。不用意な一言どころか、小さな物音、しわぶき一つが全てを壊してしまう。その場に立ち会った者は皆、薄氷を踏む思いで儀式の行方を見守った。

真っ青な顔をして、それでも平然とした表情を保ったまま、天照は自らに課せられた責任を果たし終えた。

宮の外にいた者は、中で何があったのかを知らない。

祭りを終えて、しずしずと天照が退席し、拝殿から出た時、恐れていたことが起こった。

『天照さま、どうなされたのですか！　お尻《いど》の辺りが汚れておりますぞ！』

手力男の素《す》っ頓狂《とんきょう》な大声が響き渡る。薄氷がぱりんと割れた。

『しかも、これ、この肥《こえ》の臭いは……』

『大事ない！』

顔を真っ赤にして、身を震わせ、天照はその場から走り去った。

そして漆黒の帳《とばり》が世を覆い尽くした。

豊葦原はあと一刻ほどで日没を迎えようとしていた。

日が沈む前に空が暗闇に包まれ、国つ神、人草、ありとある地上の生き物たちは恐怖した。二度と日は昇らないのではないか。この世に永久の夜が訪れたのではないか、と。

つんつん、と左の袖を引かれて、須佐之男ははっと我に返った。

菊理媛が心配そうに見上げている。

「ああ、悪い。ちょっと考え事を、な」

ふ、と笑って小さな体を抱き上げる。菊理媛はいつものようにその逞しい肩の上に座った。

安河のほとりに着いた。

さくさくと軽石を踏んで歩きながら辺りを見渡す。この辺りは洞穴が多い。

「さて、姉上はどちらにおられるかな」

以前籠もった岩戸には注連《しめ》がかけられている。

何となく、その岩戸の前で足が止まった。

――あの時、天地が開けて以来の大事件に、神々は額を寄せ合って長いこと話し合っていた。その様子を、須佐之男はくるくると縄を巻きつけられ、松の木の根元に縛られた状態で眺めていた。話が終わると神々は神妙な面持ちで散ってゆき、しばらくするとめいめいが手に何かしらを持って戻って来た。

思金が常世から連れてこさせた長鳴鳥、つまり、朝を告げる雄鶏を声の限りに鳴かせ、それを合図に神々は渾身の力で馬鹿騒ぎを演じた。天宇受売が天《あめ》の真拆《まさき》の葉を冠にし、手に小竹葉《ささば》を持って踊ったのが、ちょうどこの辺りだ。

爾《ここ》に高天原、動《とよ》みて、八百万《やおよろず》の神共に咲《わら》ひき。

外の楽しげな騒ぎを聞きつけた天照が、そおっと岩戸を開けて様子を窺おうとしたところを、手力男が隙間に手をかけ、力ずくで戸を引き開けたのだった。

（そうしてこの世に光が戻った――）

あの、岩の間から漏れ出した光の、目を灼くような眩しさは忘れることができない。

まるで今、その光が見えたかのように、須佐之男は目を眇《すが》めた。

またも過去の景色に心を捕らわれてしまった須佐之男の髪を、菊理媛が引っぱって現実に引き戻した。

「どうした、媛」

「あそこ」

小さな指がさす方を見ると、岩の割れ目からわずかに光がこぼれ出ている。

「あそこに姉上が」

差し出された菊理姫の手を半ば無意識のままに握り、近寄って確かめてみる。そこには内側から結界が張られていた。これでは前回同様、外からは開けることができない。

「どうするかな」

するり、と菊理媛が肩から滑り降りた。

「ん？」

ぴた、と岩に小さな両手をつける。そして一言、

「入れよ」

岩が菊理媛に従った。

小さな手が堅石《かたいわ》を通り抜ける。まるでそこには何もないかのように。

片手を岩の中に入れたまま須佐之男を振り返り、もう片方の手で招く。須佐之男はその手を握った。

するすると菊理媛の体が岩の中に飲み込まれていく。続いて須佐之男の体も。

（これも塞の神の力か）

洞の内と外を隔てる岩戸も『境』である。全ての『境』を統《す》べる菊理媛に従うのは当然のことではあった。

窟の中は光で満たされていた。外と内が逆転したかのようである。

光の中に天照が座っている。来訪者に目も向けず、ぼんやりと頬杖をついて。あらぬ方を眺めていた。

先ほどまでの男装ではなく、普段着のようだった。長い髪は両側から掻き上げて、頭に二つのお団子のような髷《まげ》を結っている。そこに、いかにも適当に玉飾りが巻きつけてあっ

た。

あまり宴向きの装いではない。

（気乗りがしなかったのだろうな）

それも当然だ、と須佐之男は思う。

「姉上」

声をかけても振り返りもしない。ちょこちょこと走り寄った菊理媛が天照の隣にちょこんと腰をかけた。須佐之男もそれに倣う。

沈黙が続いた。時折水の滴の垂れる音が聞こえる。ここはさながら明るい常世だ。

「皆は…」

ぽつりと天照が尋ねる。

「皆は、楽しんでる？」

「ああ。真っ暗になった時はどうなるかと思ったが、黄泉津大神がとりなしてくれて、何とか」

「そう……」

その後はまた沈黙である。

菊理媛の目が、天照と須佐之男の間を行ったり来たりしている。その視線に促されて、須佐之男は口を開いた。こんなに唇が重いと感じたのは久しぶりだ。

「なあ、何か俺にできることはあるか」

「何か、って？」

天照が問い返す。

「今回は、何でここに来たんだ。また俺のせいだったら……」

「あなたのせいじゃないわよ。ちょっと考え事」

「考え事、か」

「うん……」

いつもの姉らしくない。生気の感じられない声だ。

「俺にもあるぞ。考えている事」

「あなたにも？」

「うむ」

先ほど自分が囚われた問い。これと姉の考え事が同じ類《たぐい》のものであればよい、と須佐之男は願った。同じことで悩んでいるなら、一緒に考えて、一緒にここから出ることができる。

「姉上と伊邪那美どのはよく似ておられる」

　びくっ、と天照が一瞬身をこわばらせた。

「そう？」

「うむ。それから月読と迦具土も」

　はあ、と天照が大きく息を吐いた。

「やっぱり、そうなのね。気のせいだと思いたかったわ」

「どうして？」

　天照がきっ、と振り返る。やっと瞳に光が戻った。

「どうして、って。あの方は今でも父上の愛しい方なのよ。あの方がお戻りになれば、また一緒に国づくりを始められる。道半ばのままの豊葦原も、手つかずだった常世も、そして高天原もね。そうして共に三つの世、全てをお治めになる」

「で、姉上は用無しになる、ってか？」

「だって、そうなれば、もう私、要《い》らないじゃない」

　震える声が、そのまま天照の心だ。

まだ童女の姿の頃から、精一杯背伸びをして天つ神たちと渡り合ってきた。周囲の理想をそのまま体現しようと、柔らかな心を強がりの鎧《よろい》で覆って。

孤独も不安も押し込めて。

それなのに、今頃になって――。

「あの方の代わりでしかなかったのでしょう？　だから、皆は、あの時のように、ここに迎えに来てはくれないのでしょう？」

顔を覆ってしまった天照のその隣で、菊理媛が可愛らしい声で歌うように言った。

「――左の御目《みめ》を洗ひたまふ時に、成れる神の名は、天照大御神。次に右の御目を洗ひたまふ時に、成れる神の名は、月読の命……。伊邪那岐の大神の御目にはその時どなたの姿が映っておられたのやら」

「何、それ？」

天照が驚いた顔で振り返る。

「さっき思金が言っていた。なんだ、聞いていたのか。油断ならないな、このちい媛さまは」

須佐之男は笑って、菊理媛を膝に乗せた。

「父上にも悔いがおありだったのだと思うぞ。それと自分を責める御心が。きっと、姉上が伊邪那美どのに似ておられるのはそのせいなのだろう。半身を失った悲しみが姉上の御姿を作ったのかもな」

「だったら、やっぱり私はあの方の複写にすぎなくて、あの方が高天原に来られたからにはもう、ここにいる意味はないじゃない」

「いや、それは違うぞ。な、媛。媛もそう思うだろ？」

こくん、と媛は頷いて、

「違うと思うぞ」

須佐之男の口ぶりを真似た。

「どうしてそう思うの？」

天照が菊理媛を見つめる。相手が幼な子だと思うからか、その顔にはかすかに笑みが戻っていた。その天照の目の前で、

「天照は天照。伊邪那美とは違う」

すうっと見えない紗《しゃ》が菊理媛の面《おもて》を覆った。一切の感情が消えた黒い瞳に捕えられ、天照の顔が強張った。

「天照は光。現世にあって、生けるものたちの世を遍く照らす。命あるものの導《しるべ》となり、先へと進む力を与える」

淡々と告げる抑揚《よくよう》のない声は、重い。巫女神の声だ。

「伊邪那美は母。黄泉にあって、生という長《なが》の旅路を終えた魂《たま》どもを等しく迎える。そしてひと時の安らぎを与え、また新しい旅路へと送り出す。それが伊邪那美に課せられた役目。高天原には天照がなくてはならぬ。黄泉には伊邪那美がなくてはならぬ。伊邪那美が戻らないつもりでいたなら、黄泉からは出さない。また、天照が高天原を去るのも許されぬ」

天照は魅入られたように大きく目を見開いて、身じろぎもせず、ただただ菊理媛を見つめている。そんな姉の姿に、初めて媛に出会った時の己の姿を重ね、須佐之男は苦笑した。

「この媛はこの世の全ての境目を支配する神だ。現世と常世。豊葦原と黄泉。俺も、危険人物だと判断されていたらあちらには入れなかったらしい。これは伊邪那美どのに伺った話だ」

こくん、と菊理媛が頷く。

「それと、伊邪那岐がもうすぐ高天原からいなくなる」

「父上も黄泉に下られるの？」

菊理媛の眉がわずかに曇った。

「まだ分からない。難しい」

「へえ、媛にも分からないことがあるんだな。なんだか安心したぞ」

愛おしくて仕方ない、といった風情で、須佐之男は菊理媛に頬ずりをした。媛がきゃらきゃらとはしゃいだ声を上げて笑う。その姿はまた無邪気な童女神に戻っていた。

その様子を天照は驚いた顔で見守っていた。

「須佐。あなた、変わったわね」

「まあな。愛しいものができると変わるんだ。神も、人草も」

「ふふ、そうかもね。私や月読はどうなるのかしら。愛しい方は現われてくれるかしら」

もぞもぞと菊理媛が須佐之男の腕からはい出して天照を見上げた。

「仲直り、する？」

「仲直り？」

「姉上と俺か？」

「そう」

姉と弟は顔を見合わせた。

「もう、あなたに怒っていることなんてないけれど……」

「確かにけじめは必要かもな」

さんざん迷惑をかけておきながら、謝罪したことは今まで一度たりともなかった。ここで機会が得られるなら須佐之男にとっては願ってもないことだ。

「誓約する！」

菊理媛はぴょん、と膝から飛び降りると、須佐之男が帯びていた剣を引き抜き――、引き抜こうとしたが重くて抜けなかったので、須佐之男が自ら抜いて媛に渡し、媛はそれを引きずって剣先で地に一本の線を書いた。

「川！」

得意げにその線の前で胸を反らす。

指一本分ぐらいの幅の、小さな小さな流れが現われた。

岩と岩の間を縫って流れるその水はどこから湧き出て来るのか、冷たく澄んで、清らかだった。

（誓約が気に入ったんだな）

伊邪那美と天照が天の安河を挟んで行なった誓約。確かに、あれほど壮麗な誓約は自分も初めて見た。

誓約とは宣言であり、契約であり、関係を結ぶものだ。異なる二つのものを分ける神、隔て遮る神、そして結びつける神である菊理媛が心を惹かれるのも当然だった。

呆然と突っ立っている姉を振り返る。

天照はあんぐりと口をあけたまま須佐之男を見返した。須佐之男は肩をすくめた。

「これが菊理媛だよ」

窟の奥の方、どこからともなく水は流れてくる。いつしか小川は一尺ほどの幅になっていた。しばしその流れが滞りないのを確かめて、媛は天照と須佐之男をその両岸に押しやった。

まず天照に向かい、

「これを持って」

手にしていた須佐之男の剣を渡し、

「その玉飾りをちょうだい」

「これ？」

天照が首にかけていた玉飾りをはずすと、

「全部」

髪や手首に巻かれていた、合計五つの玉飾りを受け取って須佐之男に渡す。

そのあと、素足を冷たい水に浸して流れの中に立つと、二柱の神に向かって言った。

「詞を」

姉と弟は詞を探した。

遠い昔、仲違いをした。千引き石で隔てられた父と母のように、もう二度と親しく会うこともあるまいと思っていた。

このままでいいと思っていたわけではない。言いたいことはたくさんある。

流れを挟んで、お互いの顔を見つめ合った。

しばしの沈黙あと、先に詞を述べたのは須佐之男だった。

「俺は常世に行く。高天原には住まない。二度と姉上が困るようなことはしない。もしも姉上が俺を必要とすることがあったなら、何をおいても馳《は》せ参じる」

力強い詞に天照の胸が締め付けられる。

過去に弟が自分にしたことを、もう怒ってはいなかったけれど、忘れたこともなかった。

詫びが欲しいわけではない。起こってしまったことは変えられないのだから。

その思いを汲み取ってか、須佐之男の詞の中には謝罪はなかった。

（大きくなった）

手に負えないやんちゃな弟は、立派な男神になった。彼も、自分も、いつまでも昔のままではいられないのだ。

天照は重い岩戸が開く音を聞いた。

詞は自然と生まれてきた。

「須佐之男、あなたを信じます。遠く離れてもあなたは私の大切な弟です。今までも、これからもずっと」

途端、すがすがしい風が吹いた。

「誓約は成った」

いと高きところから、厳かな声が降ってきた。

と、天照が両手に捧げ持った十拳の剣がまばゆい光を放ち始めた。

「あっ」

見る間に光は強くなり、光の粒となった剣が、天照の指の間からさらさらとこぼれ落ちた。

「おっ」

須佐之男が握っていた玉飾りも、細かな光の粒子となって小川に降り注ぐ。

水に落ちた光は霧を産み、

霧の中から神が生まれた。

狭霧《さぎり》に成れる神の御名《みな》は、多紀理毘売命《たきりびめのみこと》。亦の御名は奥津嶋比売命《おきつしまひめのみこと》と謂《い》ふ。

次に市寸嶋比売命《いちきしまひめのみこと》。亦の御名は狭依毘売命《さよりびめのみこと》と謂ふ。

次に多岐都比売命《たきつひめのみこと》。

天照の前に三柱の姫神。そして須佐之男の前には、男神たちが。

正勝吾勝勝速日天之忍穂耳命《まさかつあかつかちはやひあめのおしほみみのみこと》。

天之菩卑能命《あめのほひのみこと》。

天津日子根命《あまつひこねのみこと》。

活津日子根命《いくつひこねのみこと》。

熊野久須毘命《くまのくすびのみこと》。

并せて五柱《いつばしら》なり。


ちょろちょろと流れていた小川は、いつの間にか消えていた。

満足そうに笑う菊理媛。

夢のようなひと時が終わって我に返ると、足元には五柱の小さな神々が澄んだ瞳で天照を見上げていた。

「この結果は、どう捉えたらいいのかしら」

ぽつりと呟く。

その問いに答えはない。

誓約には宣言がなければならない。そして、その宣言への報《むく》いをも前もって決めておかなくてはならない。

しかし今回、宣言はしても報いについては何も述べなかった。間抜けなことに、天つ御子ともあろうものが揃ってすっかり失念していたのだ。

つまり、誓約の結果、その報《むく》いとして神が生まれるというのは天照にとっても須佐之男にとっても全く予想しない出来事だったのだ。

あどけない童女神たちに囲まれ、抱きつかれながら、須佐之男は晴れ晴れと笑った。

「いいんじゃないか。姉上と俺の間にあった隔ての岩戸が開いた。そして心が結ばれた。俺たちの結びつきの証がこの子たちなんだ。――おっと、これはいかん」

娘たちが裸のままなのに気づいて慌てて自分の上衣を脱ぎ、被せる。三姉妹はきゃらきゃら笑って仲良く一緒にくるまった。

「そういうものなの？」

釈然としない顔で、天照が首をかしげる。

「そういうものなの」

真面目な顔で菊理媛が頷く。

「須佐」

「ん？」

「あなた、本当に変わったわね」

須佐之男の顔をまじまじと見つめて、天照が言う。

「あの暴れん坊の弟が、こんなに立派なことを言うようになるなんて。思ってもみなかったわ」

子守りもすっかり板について、とこっそり胸の中で付け加える。

「スサ、いっぱい暴れたの？」

菊理媛が天照を見上げる。

「ええ、それはもう。そうだ、いい機会だからじっくり聞かせてあげましょう。この子が高天原で何をしたのか。もうぜ〜んぶ話してあげるわ」

「おいおい、姉上、それはない……」

「さ、媛。女同士でお話ししましょ」

「おはなし、おはなし」

仲良く手をつないで窟を出てゆこうとする。童神たちがぞろぞろと続く。

「おい、待てったら！　あっ、こら。お前たち、そんなに走ると危ない……」

丸い石に足を取られて転びそうになった童を抱え、須佐之男は足を速めてあとを追いかけた。

——自分は誰にも似ていない。

そんな悩みはとうにどこかに消え去っていた。

天照の飾り玉から生まれた五柱の男神は天照の子として高天原に留まり、十拳剣から生まれた三女神は須佐之男の子として豊葦原に降りた。

多紀理姫、市杵島姫、多岐都姫の三柱は宗像三女神と呼ばれ、父が治めるはずだった大海原の安全を見守る神となる。

4　逢坂《おうさか》

天鳥船が空をゆく。

「おいおい、大丈夫か？」

――だ～いじょ～うぶ～。

高天原からの帰り道。

須佐之男の膝には、はしゃぎ疲れた菊理媛。右の肩には麗しい天つ乙女、と見まがうほどに飾り立てられた迦具土が安らかな寝息を立てていた。

たっぷりと御酒を聞こし召したせいで、鳥船の航行はどうにも危なっかしい。あっちにゆらゆら、こっちにゆらゆらゆらと不安定だ。

船酔い、という言葉があるが、船自体が酔っぱらっている場合は何と言うのだろう。

竜身の船は、何処《どこ》も彼処《かしこ》もすべすべとして摑みどころがなく、右に左に傾く度に、乗っている者たちの体が滑る。

「ひっくり返ったりしないだろうな」

――やだなあ。信用してよ。

そう言われても、揺れる度に心臓が跳ねる。豊葦原のはるか上空。ここから落ちたらひとたまりもない。

須佐之男の脳裏に嫌な映像が映った。

くるりと反転する鳥船。そこから投げ出される自分、菊理媛、迦具土、そして伊邪那美と伊邪那岐。

菊理媛は、自分の身ひとつ何とでもするだろう。だが、寝ぼけた状態で他の者までは救えまい。

こんな時にまた、余計なことを思い出した。菊理媛が天照に言った言葉だ。

『伊邪那美が戻らないつもりでいたなら、黄泉からは出さない。それに、伊邪那岐はもうすぐ高天原からいなくなる』

今、まさに自分たちは黄泉に戻ろうとしているのだが、それはまさか真の意味での黄泉路行きになるのではあるまいか。

『それじゃ、父上も黄泉に下られるの？』

天照の問いに菊理媛はこう答えたのだった。

『まだ分からない。難しい』

（父上の命だけは助かる、とか……）

遠い船尾を窺う。

伊邪那岐は妻の伊邪那美に寄り添い、しめやかに語り合っていた。

（すると、父はまた、愛する妻を失うことになるのか？）

仲睦《なかむつ》まじげな姿がよけいに不安を駆り立てる。考えまいとすればするほど、どんどん不吉な想像に捕らわれてゆく。

ふらり、とまた船が揺れた。

「おっと」

ころんと転がった菊理媛の小さな体がすーっと滑り、須佐之男から離れていく。それを左手でがしっと摑み、引き戻す。おかげで思考が途切れ、頭が現実に向いた。

――な～んかさ、君も、そうやっていると妻と子がいっぺんにできたみたいだね。

鳥船の能天気な口ぶりに、（こっちの気苦労も知らないで）と、おかしくなる。

「そうか？」

苦笑する須佐之男に、酔っ払い船はけらけらと笑った。ご機嫌である。

――うん。いいお父さんになれそうな感じ。迦具ちゃんが女だったらよかったのにね。

いい父親、それはいい。悪い気はしない。

（もし、迦具土が女だったら……）

男神ではないと知った今、するりと聞き流せない自分がいた。

（俺は、どうするだろう）

迦具土は頭を須佐之男の肩に委《ゆだ》ね、安心しきって眠っている。

（俺だけを見て欲しいと願うだろうな）

他の男の目に触れないよう、この瞳が他の男を映さぬよう、玉敷きの宮に籠めて幾重にも垣を巡らせるだろう。

他愛のない想像をめぐらせながら、しばしその無防備な寝顔を見つめた。

うっすらと開いた艶やかな朱い唇。長い睫毛がほんのりと紅をさした頬に影を落としている。豊かにこぼれる髪は揺らめく炎の色。咲き初むる桃の花が匂い立つような、可憐なその姿には、見る者の身の内に眠る衝動を揺さぶり、掻き立てる危険な色香がある。

とくん。鼓動が高鳴る。華奢な肩を抱いた腕に、力が籠もる。

すうっと吸い込まれるように顔が近づく。

その吐息の甘さを確かめようと――。

ゴッ！

「ぐっ」

須佐之男の背に、寝返りを打った菊理媛の蹴りが入った。

(いかんいかん！)

唇に触れる寸前ではっと我に返った。慌てて体を起こす。

早鐘を打つ胸。血の上った頭の中で脈打つ音が響いている。

荒い呼吸を鎮めようと、何度も大きく息を吸っては吐いた。

(これが《火の性》というものなのか)

空いている左の掌で両目を覆い、天を仰ぐ。指の隙間から日の光が赤く透けて見えた。

抜けきらぬ酒精《しゅせい》がさせたことではなかった。

いきなり胸に湧き上がり、全身をめぐった激情とも呼べるもの。

何もかもをも燃やし尽くす火。

『そうなのじゃ！　優しい子なのじゃ！　なのに背の君ときたら……いきなり剣でもって
この子に切りつけたのじゃ！』

伊邪那美に延々と聞かされた昔語りを、今初めて父の側に立って思い返した。愛しい者が目の前で奪われようとしている。それなのに自分にはただ見守ることしかできない。心が恐怖と絶望に満たされる。我が子への愛情が芽生えるよりも先に、最愛の妻を死の淵に追いやった生まれたばかりの赤子に対して怒りを抱いてしまった。それは小さな火種だったのかもしれない。

無垢《むく》な赤子に己の強大な神力を自在にできようはずもない。小さな身からあふれ出す力を抑えることなどできはしない。

膨れ上がった怒りは伊邪那岐を突き動かし、迦具土は斬られた。

（夜見の宮に住まうことができるのは、迦具土にとって幸いなのかもしれんな）

穏やかな気に満ちた地。死せる魂たちが現世から背負ってきた痛みや苦しみを癒す泉があるところ。迦具土が負の感情を増幅させてしまう可能性は現世に比べればはるかに低い。

綺麗に結い上げられた髪を乱さぬよう、優しく頭を撫でる。

その気になれば、この世のどこにでも騒乱を起こすことができる。小さな火を煽《あお》り、全てを焼き尽くす野火のごとく数多の命を奪うことも。自分自身が火種となることさえできるのだ。もし迦具土が己の中の《火の力》をそれと知って愉《たの》しみのために使うような神であったならば、三界にとって危険極まりない。

迦具土が『持たぬ者』となったのにも、何か意味があるのかもしれない。そして、そこには大きな力が働いたのかもしれない。それこそ、この世の摂理とでもいうような。

迦具土自身が望んだことではなかったにしても……。

身じろぎをして体を前に向けると大の字になって寝こけている菊理媛が目に入った。あられもない寝姿ではあるが、こちらには男心をかき乱す要素はまるでない。

（どこにいようと、菊理媛は菊理媛だ）

哀しい想いに囚われかけた心が解《ほぐ》れた。

須佐之男の葛藤を知ってか知らずか、鳥船が呑気な調子で言う。

――須佐はさ、危なっかしいから。ふらふらしないようにしっかりつなぎとめてくれる存在が必要だよ。

こいつにだけは言われたくない、と思いつつ、

「お前はどうなんだ？」

ためしに尋ねてみると、

――ん〜？　僕はまあ、存在自体がふらふらしているからね〜。

またけらけら笑う。自覚はあるようだ。

「確かにな」

ふらふらと、自由気ままに。鳥船にはそんな暮らしが似合う。


空はよく晴れている。眩しげに目を細めて、須佐之男は高天原を仰いだ。天の世界とはこれで永《なが》のお別れだ。

（姉上、息災で。月読も）

優しい気持ちで離れ行く者たちを思っていると、

――うわあっ！

ぐらり、と鳥船が大きく傾いた。

「きゃ……」

激しい揺れに、迦具土が目を覚ます。

「どうした！」

須佐之男は右手に迦具土を抱き、左手で菊理媛の体を押さえて身を伏せた。

──ちょっと！　こんなところで、ケンカなんかしないでよ！

鳥船が泣きそうな悲鳴を上げる。

原因は、できるだけ見ないようにしていた船尾の方にあるらしい。耳を澄ますと言い争う声が聞こえてきた。

「伏せてろ！」

半身を起こしかけた迦具土を怒鳴りつける。

「はいっ」

事情も分からないまま、迦具土は素直に船底に伏せた。と、どこかで悲痛な叫びが上がった。

「うわあああっ！」

──父上⁉

伊邪那岐が落ちた。

豊葦原の大地は、まだ遠い。

「鳥船！」

──無理！　間に合わない！

「うわああ〜あぁぁ〜ぁ〜……」

哀れな父の声が遠ざかっていく。

「あれはどの辺りだ！」

——近江、かな。せめて湖の上だといいんだけど……。

船尾に残された伊邪那美はむっつりと沈黙を保っている。須佐之男と迦具土は、おそるおそる母の表情を窺おうとして、やめた。

その、目を離したわずかな隙に菊理媛が動いていた。寝ぼけ眼をこすりながら船べりから下を覗いている。

慌てて鳥船が体勢を立て直す。

——菊理ちゃん！　危ないってば！

聞こえているのかいないのか、媛は身を乗り出すようにして小さな手を下に向けてかざした。

そして、一言。

「ゆっくり」

——あ、止まった？

鳥船が呟く。

――いや、落ちてはいるのか。

船上からは見えないが、父の落下速度が弱まったらしい。

ぽちゃん……。

遠くで水音が聞こえた、ような気がした。

菊理媛はとことこと須佐之男の許に戻ると、膝を枕にこてんと仰向けに転がった。すぐにくうくうと安らかな寝息が聞こえ始める。

ふう、と迦具土が溜め息をついた。

取りあえず皆の無事を確認すると、改めて父の身が案じられる。

「今からでも拾えないか？」

――……たぶん、やめておいた方が……。

背後から吹く冷たい風に、鳥船の言葉がさらわれて消える。進路は変えられなかった。

故《かれ》、其の伊邪那岐大神は、淡海《おうみ》の多賀《たが》に坐《ま》すなり。

夫婦げんかの原因は結局分からずじまいだった。当事者自らが口を開かない限り、尋ねる勇気のある者はなかった。

それからしばらくして——

伊邪那岐は、たびたび夜見の宮を訪ねてくるようになった。

哀れな男神が、つれなくも愛しい吾妹に逢いにこっそり通ってくるその細い恋路を、黄泉つ神たちは密かに「逢坂」と呼びならわした。

豊葦原《とよあしはら》の章

1　大山津見《おおやまつみ》の娘

ざあー…、ん。

ざあー…、ん。

明浜に常世の波が打ち寄せている。

常世の時間は緩やかに流れる。

須佐之男は白砂の上に寝転がって、刻々と移る空の色を眺めていた。

波の音が耳に心地よい。眠りへといざなう響きに、瞼が徐々に重くなってゆく。

波打ち際の方からは楽しげな声が聞こえてくる。そこには菊理媛と迦具土、そして珍しく弥都波の姿があった。

平和を絵に描いたような光景だ。

須佐之男は眠気に逆らうのを諦めて、両の目を閉じた。

常世、根の宮に腰を落ち着けてしばらくが経つ。

さし迫ってせねばならぬこともなく、黄泉つ神たちの日々の営みを見て回ったり、八雷たちと手合わせをしたり、時に伊邪那美の話し相手を務めたり。健康的で心穏やかな時を過ごしていた。

しかし、このところ須佐之男は少々寝不足であった。

長鳴鳥が一日の始まりを告げる前に目が覚める。

原因は菊理媛だ。

根の国で暮らすことを決めた須佐之男は、それまで借り宮であった根の宮をきちんと造り直した。そこに菊理媛が居ついてしまったのである。

この小さな媛、しばしば床《ベッド》に潜り込んでくる。

床を共にする、と言うと艶《つや》めいて聞こえるが、実際のところ、野ウサギか子狐と同衾《どうきん》しているような気分だった。

潰《つぶ》しはしないかと思うと、寝返りひとつ打つにも気を遣う。おちおち熟睡することもできない。挙《あ》げ句《く》、うとうとしかけたところに脇腹に頭突きを喰らって目を覚ます。毎夜毎夜がそんな調子だ。

寝ぼけて落っこちて怪我でもされたら困る、と、間に合わせに寝床を二台くっつけてみた。これで少しはましになるかと思いきや――。

ある夜中、ごとん、と今までに感じたことのない振動を感じた。はっと振り返ると媛がいない。

（まさか！）

慌ててあるかなきかの狭い隙間を覗き込むと、案の定すっぽりと挟まっている媛がいた。

『大丈夫か？』

須佐之男に掬い上げられると、うっすらと目を開き、

『いたい』

少し赤くなった額をごしごしとこすって、またすやすや眠ってしまった。

（大物だ……）

菊理媛が意外に丈夫だということは分かった。しかし、このままでは自分の身が保たない。

須佐之男は、大きな寝台をあつらえる決心をした。

『それなら、近頃豊葦原に評判の匠《たくみ》がいてね』

さっそく早耳の鳥船が聞きつけて、話を持ちかけてきた。黄泉にも匠はいる。彼らが気分を害するのではないかと思ったが、

『それはそれは。後学のためにぜひ拝見したいものですな』

許されるなら足を運んで、製作現場を見てみたいとまで言い出した。

残念ながらそれはできない相談であったが、本物の技術者というものは、向学心がつまらぬ妬心《としん》に勝るらしい。

実際、仕上がって運ばれてきた床は、確かに満足できる出来栄えだった。

が、これがまた豊葦原に余計な噂を生むことになった。

——根の宮におわす須佐之男命は、熊のような大男であるらしい。

噂はあっと言う間に豊葦原じゅうを駆け巡った。

確かに体格はいい方だが、決して頭抜《ずぬ》けて、というわけではない。

横幅では手力男《たぢからお》にはかなわず、背丈も鳥船と変わらない。八雷たちの中に混じっても目立たないだろう。

わざわざ否定して回るほどではないので放ってあるのだが、妻を娶ったという噂にならないのが不思議なところだ。

『媛さまには、白山の宮にとんとお帰りがない』

塞の爺こと、塞坐黄泉戸大神《さやりますよみどのおおかみ》がぼやく。

もう少しねびておられたら、須佐之男どのと釣り合いも取れようが。妻でなし、子でもなし、なんとも中途半端なお立場であることよ、と。

当の媛はそのようなこと糸すじほども気にかけていない。ただ、ある日たまたま目の前に現われたこの男神が気に入ったので、気の向くままに側にいるだけのことだ。


「スサー」

きゅきゅきゅきゅ、と砂を鳴らして、菊理媛が駆け寄ってくる。

「なんだ、媛」

須佐之男はゆっくりと半身を起こした。

「これ」

柔らかな白い頬を上気させ、小さな両手を広げて見せる。

「おお、可愛らしいな」

手のひらには桜貝が二枚、つやつやと光っていた。

この浜ではついぞ動くものの影を見かけないから、いずこからか流れ着いたものに違いない。

念入りに選んだのだろう。遠い旅を経てひび割れのひとつもない。形も大きさもそっくり同じ。生ある時には対であったかと思われる。

菊理媛はその一枚をそっと指でつまむと、須佐之男に差し出した。

「ひとつ、あげる」

「俺にくれるのか?」

こくんと媛が頷いた。

「そうか。ありがたくいただこう」

一つの貝の殻を誰かと分け合う。柄にもなく須佐之男の胸が灯火をともしたようにぽっと温かくなった。

そういえば、今、豊葦原は春。

この貝と同じ色をした花が咲く頃だ。

「どうだ、媛。たまには外に遊びにいかないか。もう暖かくなっているだろうし、きっといろいろな花が咲いているし、鳥も鳴いているぞ」

「行く！」

即答だ。

「媛だけ、っていうのはずるいですよ、須佐の君。お出かけになるなら、ぼくたちもご一緒しますからね」

こちらも貝殻を拾っていた迦具土が話に加わる。その背後からそっと弥都波が顔を覗かせた。

「分かった、分かった。迦具も弥都波も一緒に行こう。母上の承諾をいただいてからな」

こくりと無言で弥都波が頷いた。

仲良く夜見の宮に向かう。

大股に歩く須佐之男。その右に迦具土。左後ろには弥都波が小走りについてくる。そして、菊理媛は当然左肩に。

いつの間にか、それぞれが須佐之男の傍に「お気に入りの場所」を持つようになっていたのだった。

「いい時に来たよね～」

のんびりと、霞《かすみ》のかかった空を見上げながら鳥船が言う。

花の窟を抜けて熊野へ、そして天鳥船に乗ってさらにその奥の南山、のちの世に吉野と呼ばれる地へ。

着いてみればそこは、うららかな春の日差しに包まれていた。

若い鶯が、ポテキョ、と初々しい声で鳴いている。

鳥船と須佐之男の手には朱塗りの杯。中身は天照から贈られた高天原の御酒である。

すでに鳥船はほろ酔いだ。

「桜咲く〜、桜の山の桜花〜、咲く桜あり散る桜あり〜」

「なんだ、それは」

「ん〜？　ただの戯《ざ》れ歌。いろいろな花の様が見られてよかったね、ってこと」

日の当たり具合とか、種類にもよるのだろう。歌の通り、枝ぶりもさまざまに、五分咲きのもの、満開のもの、散りかけのもの、葉桜といろいろな姿を見せてくれている。

菊理媛は舞い散る花びらを追いかけ、それを迦具土がはらはらと見守り、弥都波はただ静かに座している。皆が思い思いに花見を楽しんでいた。

「昼間に来て良かったたね。満月の下で見る花もまた格別だけれど、それだとあまりいつもと変わり映えしないもんね」

「月読が聞いたら悲しむぞ」

「あー確かに。いじけそうだね、繊細だから。あ、それなら月読を夜見の宮にご招待しよう！　桃花に朧月《おぼろづき》。いいねえ。きっと皆喜ぶよ」

「まさか。天つ神を黄泉に招くなど。この前の騒ぎの比ではないだろう」

伊邪那美も迦具土も、生粋の、生まれながらの黄泉つ神ではない。それでもあの騒動だ。

「え～と、そのへんは『よみ』つながり、ってことで……」

「……お前、実は相当酔っているだろう」

「……ごめん。それ以上は言わないで。今自分でも反省しているところだから」

「仕方のない奴だ」

ふわり。

ひらり。

花びらが一枚、須佐之男の杯に落ちた。

「おっと」

もう一枚。目の前を過ぎようとする花びらを、鳥船が杯で受け止めた。

「いいねえ。花にお酌してもらっちゃった」

「そうだな」

機嫌よく笑う鳥船に、須佐之男も頷く。こんな酒も悪くない。

そこに、くすくすと忍び笑いが降ってきた。

「この方があの？」

「噂とは違うのね」

「荒ぶる神と聞いていたけれど」

「全然熊みたいじゃないし」

若々しい女の声だ。どこか上の方から聞こえてくる。ひそひそと囁き合う美しい声と裏腹に、内容は奥ゆかしさからはほど遠い。

「あ～、あの子たちか……」

鳥船には心当たりがあるようだった。

「降りておいで」

頭上の枝に向かって呼びかける。さわさわと花たちが揺れた。

「見つかっちゃったわ」

「しかたないわね」

同じ声が二つ。降りてきた影も二つ。

その娘たちは一つの貝から分けた二つの殻のように、そっくりだった。麗しい顔も、花びらのような薄絹を重ねた衣も、衣に包まれたしなやかな肢体も。雲のように朧《おぼろ》な花をいっぱいに広げる桜木の幹、その樹皮と同じ銀褐色をした豊かな髪も。


ただ、ふわりと肩にかけた比礼《ひれ》の色だけが彼女たちを分けていた。

ほころびかけた蕾《つぼみ》の紅と、やがて実となる蕊《しべ》の金。

「やっぱり、君たちだったか。久しぶり。偶然だね」

「あら、偶然なんかじゃないわ。呼んだでしょ、咲く桜、散る桜って」

「花の咲くところにはどこにでも、私たちはいるのよ」

「そうだっけ？　ああ、須佐は会ったことなかったんだ」

ひとしきり言葉を交わしてから、思い出したように須佐之男の方を振り返る。

「大山津見の娘たちだよ。僕たちにとっては姪っこになるね。こっちが木花咲耶姫《このはなさくやひめ》、そっちが木花知流姫《このはなちるひめ》」

「ようこそ葦原中つ国へ。天つ御子、建速須佐之男命《たけはやすさのおのみこと》さま」

「お目にかかれて嬉しゅうございますわ」

しとやかに頭を下げる。さらさらと衣擦れの音がした。

「ああ、こちらこそ」

薄紅の比礼をまとった方が咲耶姫、黄金色が知流姫らしい。羽衣がなければ、須佐之男には見分けられそうになかった。

「では、お隣、失礼しますわ」

あでやかに微笑んで、姫君たちが須佐之男を挟んで両脇に座る。美しい乙女に挟まれて、須佐之男は戸惑った。どういう顔をすればいいのか分からない。にっこりと笑いかけられると、情けなくも腰が浮きかけた。

鳥船は素知らぬふうで、手酌で酒を飲んでいる。

（困った……）

外見ではどっしりと腰を据えながらも内心そわそわしていると、今まで花びらを追いかけていた菊理媛が駆け寄ってきた。

「サクヤ！　チル！」

「菊理媛、お久しぶりですこと」

走ってきた小さな体を、咲耶姫が立ち上がって抱き止めた。

「あら？　少し大きくおなりかしら」

知流姫が首をかしげる。

「ええ〜、そうかな。こんなもんでしょ」

鳥船が軽くいなして手にした杯を少し上げ、くいっと干す。

「で、君たちのお目付け役は？」

「お姉さまなら、もうすぐいらっしゃるわ」

「何か、命さまにお願いしたいことがあるのですって」

「俺に？」

「ええ。お父さまから言伝を頼まれたみたい」

咲耶姫と知流姫の姉は、石長姫《いわながひめ》という。

深い山路を踏み分けて現われた姉姫は、まったく妹姫たちと似たところがなかった。

背が高く、髪を角髪にして苔色《こけいろ》の紐で結い、腰には太刀を下げている。

勇ましい男姿だ。

日頃からこの姿なのだろう。先だっての天照と違い、こちらはしっくりと身に馴染んでいる。

「須佐之男どのには初めてお目にかかる。大山津見の娘、石長と申します」

その話しぶりも一礼する姿も、きびきびとして武神のようである。

礼を返しながら須佐之男は内心ほっとしていた。いかにも乙女乙女した妹姫たちよりも、こちらの方が心安い。比べるのは失礼かもしれないが、石長姫には色許女たちに通じるところがあった。

「石長姫、お久しぶり。堅苦しい挨拶はいいから、君も座りなよ、ね。天照秘蔵の美酒《うまざけ》があるんだよ～ん」

「ああ、お近づきのしるしにぜひ一献」

鳥船と須佐之男が口々に言うと、戻ってきていた迦具土がさっと杯を差し出した。

「こちらをどうぞ」

「かたじけない」

ふと頬を緩めてその手から杯を受け取ると、石長姫はどっかりと胡坐をかいて座った。

たちまち干された杯に、弥都波がおずおずと酒を注ぐ。

これは珍しいことだった。

「ありがとう、弥都波どの」

石長姫が軽く頭を下げて微笑むと、あまり心の内を見せない弥都波の頬がほんのりと染まった。すぐにまた恥じらって陰に隠れてしまうところはいつもと変わりなかったのだが。

「で、何やら俺に頼みごとがあるとか」

ひとしきり杯を交わし四方山話に興じてから、頃合いを見て須佐之男は話を向けた。

「はい」

石長姫が居住まいを正す。つられて須佐之男も背を伸ばした。

「出雲の国は斐伊《ひ》の川のほとりに、父、大山津見の子、足名椎《あしなづち》と妻《め》の手名椎《てなづち》という国つ神が住んでおります。そこでは毎年大蛇が現われて、乙女を差し出すまで暴れ回るというのです」

「乙女を？　蛇なんかに、なんてもったいな…、じゃなくてなんて可哀そうな」

鳥船が身を乗り出す。迦具土が後ろからたしなめるように鳥船の袖を引いた。

「夫婦は自分たちの娘を差し出してきました。すでに七たりの娘が大蛇《オロチ》の贄《にえ》となり、今年は末娘が喰われる番となりました」

その娘の名は櫛名田姫、という。

「それは何とも気の毒な話だな」

須佐之男は腕組みをして唸った。鳥船もうんうんと頷く。

「足名椎も手名椎も娘の櫛名田姫も、毎日泣き暮らしているとか。そこで見かねた父が、今は根の国に落ち着かれたと聞く須佐之男どのに助けを求めよと」

「俺に?」

「そうよ。高天原でのお話は聞いているわ」

「もちろん豊葦原での評判もね。とっても暴れん坊さんだったんですって?」

両側から桜の姫君たちに迫られて、須佐之男はうろたえた。

「い、いやそれは。若気の至りというヤツで」

「今だって、十分お若いでしょう?」

「お髭も生えていらっしゃらないんですもの。ねえ?」

くすくすとさざめく妹たちを尻目に、石長姫は地に手をついて深々と頭を下げた。

「お頼みします。もしこれが咲耶や知流だったらと思うと、私もいたたまれない。須佐之男どのには関わりのないことで、ご迷惑なのは重々承知しております。ですが、ここは父のためにもぜひお力を。大蛇退治に力を貸していただきたい」

さらに深く、地につくほどに頭を垂れる。

姉の言葉に、咲耶と知流が真顔になった。瓜二つの顔を見合わせると、石長姫の両側に座り、須佐之男の方に向き直ってきちんと両手を揃え、神妙に頭を下げる。

「命さま、ご無礼をお許しください」

「命さま、どうか姉にお力添えを」

そこまで頼まれては否とは言い難い。

しかし、軽々しく引き受けてよい類の話でもない。

須佐之男はしばし考え込んだ。

それほど遠くない過去に、自分は豊葦原に多大な災いをもたらした。そのため、追放同然の形で黄泉に下ることになったのだ。「大蛇を退治に来ました」と言ったところで諸手《もろて》を挙げて歓迎されるとは思えない。結局は先方もしぶしぶながら受け入れざるを得ないだろうが、自分がでしゃばることで国つ神の顔を潰すことにはならないだろうか。

（俺自身、合わせる顔がない、と言うか……）

二つ返事で承諾するわけにはいかない。しかし話を聞いてしまった以上、何もしないのも寝覚めが悪い。まさかとは思うが、のこのこと出かけて行けば自分を追い出した豊葦原へ報復に来たと取られるかもしれない。

（俺が受けざるを得ないという理由、豊葦原に住むものたちに納得してもらえる理由があればいいのだが）

しかし、意外なところから彼の背中を押すものが現われた。

「ええっ！　ちょっと待って！」

突然、がばっと鳥船が立ち上がった。

「力を貸せってことは、石長姫、君も大蛇退治をするつもりなの？」

「当然です」

凛々しい国つ女神はきっぱりと言い切った。

「これは中つ国の問題。本来なら私どもで片をつけねばならないのですから」

これには須佐之男も驚いた。

この様子からすると、おそらくこの勇敢な姫神は自分だけで大蛇に立ち向かうつもりだったのだ。意志を固めた娘を止めることもできず、さりとて大蛇をそのままにしておくこともできず、大山津見はせめて須佐之男に協力してもらうことを提案したのではないか。

（ここで断ったら――）

「だめだめ！　だめだよ」

鳥船が須佐之男の両肩を摑んでゆさゆさと揺さぶった。

「そんなの無謀だって。今まで国つ神たちにも手が出せなかったんだろ？　須佐、君も行ってやってよ。石長姫だけじゃ、その娘と一緒に大蛇に食われてしまうよ！」

「落ち着け！」

「落ち着いてなんかいられないよ！」

頭がくがくと前後に揺すぶられる。醒めかけた酔いが嫌な形で戻って来た。

何かが腹の底からせり上がってくる。

「分かった。分かったからやめてくれ。ぐ…うっ」

鳥船の手を振りほどいて、地にへたへたとしゃがみ込む。迦具土が駆け寄って背中をさすってくれたが、これは逆効果だった。

「須佐が手伝ってくれる、ってさ！」

わあ、よかったね、と手を取り合う咲耶と知流。

「かたじけない。このご恩は一生忘れません」

深々と頭を下げる石長姫の傍らに、そっと弥都波が寄り添った。

「あの…、よろしゅう、ございましたね……」

今の須佐之男には、ついさっき自分が下した決断について考える余裕などなかった。

目の前にいない大蛇や、国つ神のメンツや思惑なんぞどうでもいい。

事は一刻を争う。

迦具土の付き添いを断って、女性の前で見苦しい姿をさらさぬよう、須佐之男はよろよろと藪の中へと分け入った。

菊理媛だけがぽつんと、堅い表情で、少し離れたところからその様子を眺めていた。

2
八俣大蛇《やまたのおろち》

爾《ここ》に「汝等《いましたち》は誰《た》ぞ。」と問ひ賜《たま》ひき。
故《かれ》、其の老夫《おきな》、答へて言《もう》さく、
「僕《あ》は国つ神、大山津見神の子なり。僕《あ》が名は足名椎と謂《い》ひ、
妻《め》の名は手名椎と謂ひ、女《むすめ》の名は櫛名田比売と謂ふ。」とまをしき。
亦「汝が哭《な》く由《ゆえ》は何ぞ。」と問ひたまへば、答へ白言《もう》しけらく、
「我が女《むすめ》は、本《もと》より八椎女《やおとめ》在《あ》りしを、是の高志《こし》の八俣《やまた》の遠呂智《おろち》、年毎《としごと》に来て喫《く》へ
り。今、其が来《く》べき時なるが故、泣く。」
とまをしき。

初めて会う足名椎と手名椎はこの上なく老いて、まるで枯れ木のようだった。
間に櫛名田姫を挟んで、残されたわずかな時を惜しむかのようにひしと寄り添ってい

る。

「このようなむさくるしいところに天つ御子さまをお迎えするとは、心苦しい限りでございます」

思いも寄らぬ客神を前に、足名椎は赤く腫《は》れた目をしぱしぱさせて力なく愛想笑いをした。

既知の間柄である石長姫が伴って来たのは、天照大御神の弟御と小さな巫女神。たとえ素性を聞かなくとも、どちらもただならず貴い神であると一目で分かる。

「大蛇のことをお尋ねとか」

「ああ。毎年、若い娘を差し出しているとか。本当なのか？」

須佐之男が問うと、翁は力無く頷いた。

「今までに七度、私どもの娘を。もう八度目ともなれば、慣れたものです」

もう涙も涸れ果てたと言う、その姿が正視できないほど痛々しい。

「この地を離れて暮らすというのは、考えなかったのですか？」

石長姫の問いに、今度は弱々しく頭《かぶり》を振る。

「村を捨てるなど、とんでもない」

「なぜですか！　尊い命をあたら蛇などに……。しかも自分の娘御を！」

開け放した館の其処彼処《そこかしこ》から、こっそりと様子を窺う気配がする。哀れな娘の行く末を案じて、と言うよりも、まるで忌《い》み屋を覗き見るような視線だ。石長姫が頭を上げて辺りを見渡す。音もなく、さあっと蜘蛛の子を散らすように影が消えていった。

「おっしゃる通り、どの親が喜んで我が子を差し出しましょうや。この地を預かる国つ神でなければ、私どもとて、とうに逃げ出しておるところです」

ゆるゆると足名椎が言葉を紡ぐ。

「ここに住まう青人草《あおひとくさ》の暮らしを守るのが私らの役目ですからな。この子もようく分かってくれていいます。しかし私どもに残された娘もこの子一人となりました。次の年は誰が贄となるのか。皆、兢々《きょうきょう》としておりますよ。来年を待つまでもなく、この村里は無人の野となり果てるやもしれませぬ」

「そんな！」

いきり立つ石長姫の衣を、菊理媛がくいっと引いた。激情するのも分からないではない。唇をきゅっと引き結んで座っている青白い顔の娘は、彼女の妹姫たちよりも幼く見えた。

一つ咳払いをして、須佐之男が翁と媼の顔を交互に見ながら話しかける。

「で、俺たちがここに来た理由なのだが、その大蛇を我らに任せていただけないか」

「は？　それはどういう……」

「どうもこうも、大蛇退治を任せてくれないか、ということなのだが」

これ以上は無理、というほどにぽっかりと目を見開いて、二人の老人は須佐之男を見つめた。

（それほどに、思いがけないことだろうか）

大蛇を退治しようと考えたことはなかったのだろうか。

（ないのだろうな）

この世のものならぬ力を持つ大蛇を相手に敵うはずはないと、はなから諦めていたのだろう。

自分を見つめる四枚の皿のような目に気圧されつつ、須佐之男が説明する。

「その大蛇を退治するためにこそ、我々はここに来たのだ。もう役目だからと大事な娘御を犠牲にすることはない」

「…まことに、ござりまするか？」

「ああ」

「本当に？」

「信じてくれ、としか言いようがないんだが」

ぽりぽりと須佐之男が頭を掻く。

老人たちの目から、先ほどは涸れ果てたと言っていた涙が滂沱《ぼうだ》と流れ落ちた。虚《うつ》ろな目に力が戻ってくる。

「では、娘は、助かるのですね」

「お父さま、お母さま」

絶望の昏い淵の底に一筋の光明を見た親と子は、抱き合って哭《な》いた。館が揺れるほど大きな声だった。何事か、と遠巻きに窺っていた者たちがまた集まり始める。

――何だ、なんだ？

――天つ御子さまが……。

――八俣の大蛇を退治してくださると？

――まことか？

――もう女子を差し出さずともよいと。

——では、姫さまも喰われずに済むと?

——めでたや!

——めでたやな!

さわさわと人から人へと、事のあらましが伝えられていく。ざわめきが大きくなり、集《つど》った者たちも共に手を打って喜んだ。翁と媼が哭くのを見て、共に哭《な》き、哭《な》いては笑った。

「やれやれ。大変な騒ぎだ」

「今にも前祝いの宴が始まりそうな勢いでしたね」

くすくすと石長姫が笑う。

館を出てしばらく歩くと、どんよりと曇る空の下、斐伊の川が流れていた。周囲の田畑より高い位置にある、いわゆる天井川だ。

「この川を下ってくるのか」

須佐之男がぽつりと呟く。

「そのようですね」

川の上流、鳥髪山を振り返る。

大蛇が棲むと思うと、なだらかな稜線を描くその山が黒々として不気味に見える。

爾《ここ》に「其の形は如何《いかに》。」と問ひたまへば、答へ白《もう》しけらく、
「彼《そ》の目は赤加《か》賀《が》智《ち》の如くして、身一つに八《や》頭《かしら》八《や》尾《お》有り。
亦其の身に蘿《こけ》また檜《ひ》、椙《すぎ》生《お》ひ、其の長《たけ》は谿《たに》八《や》谷《たに》、岐《お》八《や》尾《お》に度《わた》りて、
其の腹を見れば、悉《ことごと》に常に血爛《あえただ》れたり。」とまをしき。

「この目で見ないことには、想像もつかんな」

ぎゅうっと菊理媛が須佐之男の首にしがみついた。

「なんだ、怖いのか？」

左手で、肩の上に座っている媛の頭を撫でる。

「だからついてくるなと言ったのに。あの山から大蛇が出てくるんだぞ」

笑いながら鳥髪山を指さす。

「目はホオズキのように真っ赤っ赤で、ビカビカ光っていて、背中には杉の木が生えているんだ。体は谷や尾根八つ分の大きさがあって、腹はイモリみたいに真っ赤なんだと。し

かも、頭が八つもある」

説明しているうち、ふと疑問が頭をもたげる。

八つの頭に八つの尾。いかにも動きにくそうだ。『八俣大蛇』という名がついているからには誰かが数えたのだろうが、蛇自身、どちらに進むのかをどうやって決めているのだろう。

それに、八つの山をすっぽり覆うほどの巨大な大蛇は、ふだんどこに潜《ひそ》んでいるのだろう。

(もう一度、足名椎に聞いてみるか)

あの大騒ぎの中へ戻るのは気が進まないが。

そう思っていると背後から声をかけられた。

「なあ」

子どもの声だ。

「あんた、偉い神さまなんだって?」

立っていたのはまだ十を幾つか越えたばかりの、薄汚れた人の子だった。野山を走り回る敏捷そうな体、赤銅色の肌は日焼けか垢か。短い袴からにょっきりと泥だらけの足が伸びている。

「偉くはないが、まあ、一応神ではあるな」

答えながら、この男の子のぶっきらぼうな物言いに面白さを覚えた。なかなか肝《きも》の据《す》わっていそうな面構えだ。きりっとした黒い眉の下の鋭い目が、恐れ気もなく須佐之男を見上げている。

「お前はこの辺の子か？」

「まあね。この辺りはおいらの庭みたいなもんさ。なあ、あんた本当に大蛇を退治できるのか？」

「分からんな」

疑うような視線に、素っ気なく答える。少年はぽかんと口を開けた。

「頭や尾が八つもある大蛇など、今まで見たことも聞いたこともない。そんなものを確実に退治できるかどうかなど、分からん」

やってはみるがな、と最後に付け加えると、少年はにやっと笑った。

「あんた、正直だな。おいら、あんたを信用することにするよ」

「そうか。それはありがたいな」

「須佐之男どの……」

隣で石長姫が呆れた声を出したが、それ以上は何も言わなかった。ともかくも村人に受け入れられるのは悪いことではないし、こんな子ども相手に不作法だなんだの言っても仕方のないことだ。

「いくつか教えて欲しいことがあるんだが」

「なんだい？」

「八俣大蛇とやらは、あの山から来るんだな」

「そうらしいね」

「昔からあそこに棲んでいるのか？」

「さあ。聞く限りでは、そんなに昔からってわけじゃないみたいだけど」

「ほう」

「お館さまんところの一姫《いちひめ》さまが大蛇に飲まれたのが八年前。その頃からだね」

何日か雨が降り続いた時のこと。小やみになって村人が外に出てみると、斐伊の川の水が赤く染まっていた。そして、山が鳴り、大量の水と共に大蛇が川を下って来たのだ。

「赤いのは、大蛇が地面に腹をこすった時にできた傷から流れた血なんだってさ」

少年が語ったところによると、鳥髪山の方には、少し前までタタラ場があった。この村に人が住み始めた頃にはもう閉められていたが、それでもまだ、何人かの鍛冶師が残っていた。

「そもそもこの村ができたのは、ほんの十年くらい前なんだ」

田を作るために新たに開墾《かいこん》された土地で、はじめのうちは大蛇など出なかったという。そんな大蛇などが棲んでいたら、鍛冶師たちも山にはいられなかっただろう。

「どこから来たんだろうな、そいつは」

須佐之男が唸るように呟くと、思いがけないところから返事が返ってきた。

「越《こし》の国」

声がした方、左肩を振り返る。

「なんで、そう思う？」

「前、石長姫が言った。越の八俣大蛇、って」

「ああ、そう言えば。よく覚えていましたね」

感心する石長姫に、菊理媛はこくんと頷いた。

「そうそう。最後まで残っていた鍛冶の爺さんが越の出だったんだ」

少年が解説してくれる。

「その爺さんがよく言ってたらしいよ。越の国には頭が九つもある竜がいるって。だから大蛇が出た時に、こりゃあそいつの仲間が越から来たんじゃないかって話になったんだ」

「推測か。じゃあ、その鍛冶に会って話を聞かせてもらえれば……」

「とっくにいないよ。死んじまったんじゃない?」

あっさりとした言葉に、須佐之男と石長姫は顔を見合わせた。

「じゃあ、おまえは、大蛇を見たことがあるの?」

「あるよ」

石長姫の問いに、これもあっさりとした答えが返ってくる。

「実を言うと見たことがあるやつなんて、ほとんどいない。前触れがあると、みんな家に閉じ籠もって、外を見ないようにするもん。見たら祟《たた》られるとか言って。ムセキニンだよな。姫さまひとり外に放り出してさ。おいらは数少ない目撃者、ってわけさ」

少年は肩をすくめた。

「じゃあ、もう行く。頑張ってね、偉い神さま」

軽やかに駆けていく後ろ姿を見送って、須佐之男は溜め息をついた。

「やれやれ。なんというか、こう……」

「大蛇に関するあれやこれやが、一気に胡散臭《うさんくさ》くなりましたね」

石長姫も呆れ顔だ。

「仕方ない。何かいるのは確かなんだ。取りあえず、もう少しこの辺を回ってみよう」

さくさくと下草を踏み、川に沿って上流に向かう。

「媛、木の枝に気をつけろよ」

雑木の枝を払いながら、菊理媛に注意を促す。さすがに石長姫は慣れたもので、須佐之男の歩調に遅れずに付いてくる。

高台から斐伊の川を見下ろす。

断崖《だんがい》の下、くねくねとうねる。これこそ蛇のようだ。

「足場が悪いですから、気をつけてください」

川辺に降りる場所はないかと覗き込む須佐之男を、石長姫が案じる。その言葉が終わらないうちに、足元からカラカラと小石や土の塊が落ちて行った。落ちて行った先の流れの底に、木の椀《わん》らしきものが半分、顔を覗かせていた。山の上で暮らしていた者たちの生活の名残だ。

（人草とは、弱く見えてもたくましいものなのだな）

どんな環境の中にでもどんどん入り込んでいく。そしてその地で子孫を増やしてゆく。

さらに奥へと進むと、椀の他にもちらほらとかつての営みの痕跡が遺されていた。

振り仰げば深緑の中にぽっかりと穴が開いたように見える場所がある。かなり広い。樹齢の浅い木々がまばらに生えているあの一帯がおそらくタタラ場の跡地。このまま川を遡《さかのぼ》れば行き着くはずだ。

大きくえぐれた山肌が、大水の時の流れの激しさを物語る。その気で探すと、あちこちに山崩れの傷痕《きずあと》が見られる。古いものも、去年のものとおぼしき生々しい跡もある。それが水によるものなのか、大蛇の体がぶつかった跡なのかは判断がつかないが。

対岸との距離はおよそ十尺《じゅっしゃく》弱。この幅が大蛇の最大幅だ。

（これより太いということはあるまいが……）

それでも十分に太い。太さがこれなら、長さは如何《いか》ほどか。見当もつかない。

「どうする？　正面から向かって、勝てると思うか？」

「須佐之男どののお力をもってすれば、もちろん！」

「さー？・」

両側から全く異なる返事が返ってくる。石長姫と違って、菊理媛には遠慮がない。難しい顔をして小首をかしげている。

「難しいよなあ。やっぱり、策が要るか」

空を仰ぐ。重たい雲が垂れ込め、いつ雨粒が落ちてきてもおかしくない。少し急いだ方がよさそうだ。

「スサ」

ぐいっと菊理媛が角髪《みずら》を引っ張った。

ぐきっと首の骨が鳴る。

「いて」

引っ張られるままに顔を横に向けると、

「あれ」

可愛らしい指が示す方向に、木の上でごそごそと動くものがあった。猿だ。木の洞に顔を突っ込んでいる。しばらく観察していると洞から顔を出し、木から降りようとし、ぽとりと地面に落ちた。

「どうしたのでしょう」

石長姫が目を瞠る。猿はゆらゆらと頭を揺らして立ち上がり、おぼつかない足取りで藪の奥へと消えて行った。

「スサみたい」

けらけらと菊理媛が笑った。先だっての花見のときのことを言っているのだ。

「みっともないところを見せて、悪かったな」

と、須佐之男はひとつの考えに思い至った。

「そうか、猿酒か！」

動物が隠したままほったらかしになった木の実や果物が発酵してできた酒を猿酒という。素朴な酒だがかなり強い。

「これは使えるな。お手柄だぞ、媛！」

わしわしと菊理媛の髪を掻き回す。きゃあ、っと菊理媛が笑いながら頭を庇った。

「村にあるだけで足りるでしょうか」

石長姫が腕組みをして考え込む。蛇の大きさと、頭の数から考えて、まず足りない。

「持ってきてもらう」

こともなげに菊理媛は言う。

「誰にですか?」

「塞の爺。それと、探女」

集落のすぐ近くに鏡池という小さな池がある。女たちが身だしなみを整えるのに使うのだと教えてもらった。櫛名田姫もお気に入りの場所だそうだ。

風もなく、澄んだ水はしんと静まり返っていた。

菊理媛が両手をついて水面を覗き込む。落ちないように石長姫が後ろから支えた。

「爺、探女」

菊理媛が呼びかける。塞の爺こと、塞坐黄泉戸大神からはすぐに応答があった。

——はいはい。お呼びでございますか、媛さま。

白い髭に埋もれた翁神の顔が水面に映る。

「探女?」

もう一度呼ぶと、ひと呼吸おいて返事があった。

——菊理媛でいらっしゃいますか? 何の御用でしょう。

天探女の顔が塞の神と重なって映る。

石長姫の目は丸くなったまま、瞬きもしない。その姿を見て、須佐之男は内心うんうんと頷いた。

（気持ちは分かる）

何でもないことのように常世の神と高天原の神を同時に呼び出すこの小さな媛。石長姫は初めてその力を目の当たりにしたのだ。

「お酒、ちょうだい。い〜っぱい。うんと酔うのがいい」

大きく手を広げる童女神に、水鏡の向こう側ではしばしの間沈黙が落ちた。

——……お酒、ですか？

——な、なな、何にお使いで！

目が点になる探女。わたわたとうろたえる塞の神。須佐之男はその反応に思わず噴き出してしまった。

——そこで笑っておられるのは須佐之男どのですな？ 説明してくだされ！ 媛さまは何をおっしゃっておいでなのですか！

「はは…、ばれたか」

——あなたさまとお知り合いになってからというもの、大事な大事な媛さまが、どんどん不良になってゆかれます！　どう責任を取ってくださるおつもりですかぁ～。

だんだん泣きが入ってきた。

「あー、そんなことはないと思うが……」

――申し訳ありませんが、

ずずっと塞の神が鼻を啜《すす》った、そのすきを逃さず探女が割って入った。

――わざわざ私までお召しになった事情をお聞かせ願えませんか。

声が固い。須佐之男は素直に謝った。

「すまん」

――そもそも命さまは、今どちらにおいでなのですか？

「出雲。鳥髪山の近くだ」

――……そうですか。

「どうした？」

――いえ。

探女にしては、珍しく歯切れが悪い。

「気になることでもあるのか？　いや、不都合があるなら無理には聞かないが」

――隠すことではありません。このところ何年か、この時期になりますとその辺り一帯に厚い雲が湧きまして。こちらから様子を窺うことが全くできなくなることがありますので気にかけておりました。

天照でさえ一日も二日も置く探女の眼に、見えぬものがある。何やらただならぬ事態であるらしいと察して、塞の神も不平不満をこぼすのをやめて、じっと耳を傾けた。

「今もそうか？」

――はい。大したことはなかろうと高を括《くく》っておりましたが、そうではないのですね。

「ああ」

――伺いましょう。そちらで何が起こっているのか。媛が酒をご所望になる理由も。

＊

〈それ〉は、時を待っていた。

身を灼《や》く思いを持てあましながら、暗い地の底にひっそりと沈んでいた。

（…帰りたい、帰りたい、帰りたい！）

ぎらぎらとした小さな塊が、体の内で絶え間なく囁き続けている。その声は次第に大きくなり、今では辺り一帯に響き渡るかのようだった。

熱を帯びた大地から蒸気が立ち上り、雲が湧く。上昇する。風を呼ぶ。風はまた雲を運んでくる。

（もう少しだ）

辛抱強く、〈それ〉は塊に言い聞かせる。今までの試みはことごとく失敗に終わった。失敗すれば蓄えた力が削がれる。再び取り戻すまでにまた一年かかる。

一滴。大きな雨粒が天から落ちてきた。最初はぽつぽつと。たちまちその滴は、見る間にしげくなり、激しく大地を打ち、柔らかな土を穿《うが》った。

（焦ることはない）

黒々と積み重なった雲が、全ての水を地上に注ぎ尽くすまで、じっと待つ。

今度こそ、この水に乗って、遠くに見えるあのどこまでも広い青い水のかたまりにたどり着くのだ。

その後どちらに向かえばよいのかは分かっている。このうるさい塊がしきりに急かす。陸に沿って北へ向かえ、と。

その方角に、帰るべき場所があるのだ。どうしても行かねばならない。絶対に。

そこに帰るためにこそ、この世に生じたのだから。

＊

また雷鳴が轟いた。

館のあちこちから悲鳴が上がる。だが、その金切り声でさえ地を打つ雨の音に消されてしまう。夜の暗闇の中、飛沫を上げて降り注ぐ雨。稲光に照らされると、天から下ろされた水の帳に見えた。

「ひどいよ。なんで僕がこんなこと」

ついさっきここに着いたばかりの鳥船が、乾いた布でごしごしと体中をこすりながら文句を言う。

無理もない。高天原で天照から大量の酒を受け取り、さらに伊賦夜《いふや》に寄れと言われて行ってみると、八雷たちが黄泉から運んできたこれまた大量の酒が追加された。

「力仕事は得意じゃないんだ。こんなこと、手力男や八雷にやらせりゃいいじゃないか」

「すまん。高天原と黄泉の、中つ国への干渉は最小限にとどめよと言われたのでな」

「誰に！」

「母上に……」

「……それじゃ、仕方ないね」

　烏船はあっさりと引き下がった。

『本来ならば中つ国の問題は国つ神で解決すべきなのじゃ。常世の者が手を貸すことは許されぬ。高天原もまたしかり。他ならぬ菊理媛の頼みゆえ、酒だけは都合してやる』

　天照、塞の神と相談の上で伊邪那美が下した結論である。

『俺や烏船はいいのですか？』

『菊理媛が何も言わぬのなら、よいのではないか。そもそも、そなたらは何処《どこ》にも納まりきっておらぬ。そうだろう？』

　水鏡の中で、ころころと黄泉津大神は笑った。

（そう、なのだろうか）

　それはそれで心外だ。烏船はともかく、自分はもう常世、根の堅州国《かたすくに》に落ち着いたつもりだったのだが。

「で、菊理ちゃんは？」

「奥で休んでいる」

「この騒ぎの中で？　大物だなあ」

　館中が浮き足立っている。

激しい嵐に。

やがて来る大蛇に。

天つ神の来訪に。

天と地の底の国からの贈り物に。

主の足名椎は、積み上げられた酒樽の前で、立ったり座ったり、うろうろとその周囲を歩き回っては伏し拝んだりと忙しい。妻の手名椎も、娘が助かるかもしれないという希望が現実味を帯びてきて、娘を抱き締めて泣いたり笑ったり、と落ち着かない。

「でもさ、酒だけあって、贄の乙女がいなかったら、大蛇もおかしいと思うんじゃない？」

鳥船がもっともな疑問を投げかける。

石長姫もそう言って代わりを務めようと申し出てくれたのだが、彼女には万が一、自分が大蛇に敗れて倒れるようなことがあった時のことを託したい、そう告げて断った。菊理媛は別の意味でいろいろ心配だから問題外だ。

「あ、僕は無理だよ。戦力にはなれないし。空に逃げられるからと言っても、長い首で追いかけられたら、逃げ切れないかもしれないからね」

「むう……」

「やっぱり、君がやるしかないね」

「俺が？」

「そ。勇者様兼生贄に選ばれたお姫さま。それが一番犠牲が少なくて手っ取り早いと思うな」

努《つと》めて考えないようにしていた現実をつきつけられて、須佐之男は頭を抱え込んだ。

3　叢雲剣《むらくものつるぎ》

爾《ここ》に速須佐之男命、乃ち湯津爪櫛《ゆつつまぐし》に其の童女《おとめ》を取り成して、御美豆良《みみづら》に刺して、其の足名椎手名椎神に告り《の》たまはく、

「汝等《いましたち》は、八塩折《やしおおり》の酒を醸《か》み、亦《また》垣を作り廻《もとお》し、その垣に八門《やかど》を作り、門毎《かどごと》に八佐《やさ》受岐《ずき》を結ひ、其の佐受岐毎に酒船を置きて、船毎に其の八塩折の酒を盛りて待ちてよ。」

とのりたまひき。

「あははははは」

その姿を一目見るなり、菊理媛は笑い転げた。お腹を抱えて、文字通り床の上をころころと。石長姫はすっと目を逸《そ》らせたが、心遣いを裏切って頬の辺りが引きつっている。今にも噴き出しそうになるのをこらえているのが見え見えだ。

（これは、ないな）

手名椎が用意してくれた衣は晴れ着だった。華やかな女物の衣をまとった須佐之男は、我が身を見下ろしてげんなりと嘆息した。

「申し訳ございませぬ。まだお丈が短かったようで」

媼はしきりに恐縮してくれるが、問題はそこではない。

「乙女らしさが、欠片《かけら》もないねえ」

ずばん、と鳥船が核心を突いた。

それなのだ。これでは大蛇もごまかされてはくれまい。見た目もアレだが、まとう空気からしてまるっきり乙女失格だ。いや、合格だと言われればそれはそれで複雑なのだが。

「まずは、やっぱりそこかなあ……」

鳥船の視線が足元に向けられる。つられて皆がそちらを見る。

赤、緑、黄。色鮮やかな裳の裾からにょっきりと突き出したごつい足。その足にはもじゃもじゃと……。

「これはいい！　何もしなくていいからな！」

菊理媛がじいーっと見つめているのに気づいて、がばっと膝を抱え込み、裳で脛を覆い隠す。危うく脛までつるつるに脱毛されてしまうところだった。

たかが脛毛。

しかしこれまで半永久脱毛されてしまうと、男として何かこう、大きなものを失ってしまうような気がする。

「なんだよ、往生際の悪い。これから大蛇に立ち向かうことを思えば、これくらい」

「いいや。だからこそ、こんなことで心を乱したくないんだ！」

斐伊の川が注ぎ込む汽水湖、神戸水海《かむどのみずうみ》から二里ほど上にある質素な仮屋は賑やかだった。

例年、足名椎が娘を捧げてきた場所よりはかなり下流になるが、今回は確実に大蛇を仕留めるのが目的だ。

山あいの、狭く障害物の多い地点では、身を隠す場所は多いが、敵の全体像がつかめない。相手も動きにくいだろうが、こちらからの攻撃も制限される。大蛇の姿をはっきり見極めて撃つには、かなりの広さが必要だと判断した結果、ここで迎え撃つことになった。

この辺りは葦《あし》が繁り、幸いなことに人里からも田畑からも距離がある。

被害は出るだろうが、なんとか最小限に抑えることができるだろう。

「大蛇がうまく騙されてくれればいいけどねえ」

「あの、よろしければ化粧などいたしましょうか？」

「いや、いい……」

その申し出は嬉しいが、これ以上どう取り繕おうと無駄な気がする。男姿の石長姫に化粧してもらうのも、ためらわれた。

床の上で丸くなっているところに、足名椎が櫛名田姫を伴って小屋に入ってきた。

「この度は、恐れ多くも天つ御子さまのお手を煩わせることになりまして、まことに申し訳なく……」

入ってくるなり、足名椎は床に額突《ぬかず》いた。その後ろで櫛名田姫もしずしずと頭を下げた。

「いや、もうそれはいい。こちらから申し出たことだ」

何度も聞かされてきた口上が始まった。また長くなりそうだと察して、須佐之男は遮った。ごろりと体を転がして反動で起き上がり、足名椎に向かい合う。

「それより、酒の用意はもうできたのか？」

「はい。仰せの通りに」

高天原からは、しっかりと時をかけて熟成された金の神酒。

黄泉からは、とろりと黒い紫色をした甘い香りを放つ果実酒。

中つ国の酒は、他の二つに比べると粗い造りの白い濁り酒。

斐伊の川のほとりに垣根を廻《めぐ》らし、八つの門のようなものを造って、その奥に酒をなみなみと入れた酒船を置く。大蛇が酒を飲もうとすれば、八つの首をそれぞれの門にくぐらせなくてはならない仕組みになっている。

あくまでこちらの目論見《もくろみ》としては、である。垣根ごと壊されてしまえばどうにもならないが、うまくいけば少しはひとつひとつの頭を個別に撃つことができる。

(そこまでうまくいくとは、さすがに期待できないだろうが)

せめて、酔っぱらって前後不覚になってくれればいい。寝込んでくれればもっといい。人草を贄に求める大蛇といえど、この地に生きるもの。あまり苦しませたくはなかった。

そう考えているうちに、はた、と重大なことに気づく。

「鳥船」

「なに?」

「蛇、って酒を飲むのか?」

「……底なしの酒飲みを『うわばみ』って蛇に例えるくらいだから、飲むんじゃない？」

「そうか、そうだな」

しん、と静かな沈黙が落ちた。もはや、するべきことは何もない。雨も止んで、あとは大蛇が現われるのを待つだけだ。

ぴく、と床に寝そべっていた菊理媛が頭をもたげた。そのまま身じろぎもせず、一点を見つめている。先ほどまでとは打って変わって、ぴいんと張りつめた空気をまとっている。

「どうした？」

返事を待つまでもなく、須佐之男の耳が微かな金属音を捉えた。

カンカンカンカン……。

遠くから聞こえるその鐘の音は、鳴らす者の心そのままに忙しなく、乱れ、それでも途切れることなく届いてくる。

――と、一人の男が息せき切って転がり込んできた。

「お館さま！　赤い水が！」

「御子さま！」

「来たか！」

がばっと須佐之男は立ち上がった。緊張が走る。

「俺は行く。石長姫、あとのことは頼んだぞ」

「お任せください。ご武運を」

くるりと踵を返して歩み去ろうとした、その衣の裾を後ろから摑《つか》む者がいた。

「お待ちくださりませ」

「なんだ、足名椎」

この一刻を争う時に、と、須佐之男の眉間に皺が刻み込まれる。

ふるふると体を震わせ、翁は必死に声を絞り出そうとする。かろうじて耳に届くかどうかという微かな声を。

「この、この一件が収まりましたらば、娘を、櫛名田姫を、あなたさまに奉《たてまつ》りとうござりまする」

「はあ？」

気の抜けた声が洩れる。何を言われたのか、一瞬理解ができなかった。

「せっかく大蛇の顎《あぎと》を免れても、俺なんぞに奉っては意味がないではないか」

「いえ、妻として、迎えていただきとうございます」

ますます混乱する。何もこんな時に、と怒りさえ覚えた。こちらはそれどころではないのだ。

無言の怒りを感じ取った足名椎は一層早口にまくし立てる。

「御子さまほどのお方ともなれば、これから綺羅星のごときお妃さまを幾人《いくたり》もお召しになられましょう。その末席にこの哀れな娘を、蛇に喰われるはずであった娘をお迎えくださ い。なにとぞ……」

「しかし」

言い争う時間すら惜しい。簡単に受けることのできる話ではない。しかし、ここで「否」と答えれば、娘とその二親に恥をかかせることになる。

（このような時に、面倒なことを）

さすがの鳥船もぽかんと口を開けてこちらを見ている。赤い出水を知らせに来た男はおろおろと手を揉み絞っている。時が移る。

（ええい、ままよ！）

手荒な真似はしたくないが、力ずくでも押し切るしかないか、と思いかけた時、須佐之男の前にすっと小さな影が立ちはだかった。

「この娘の血筋から、出雲の王が出る」

巫女神のご託宣《たくせん》だ。

「菊理ちゃん……」

この世ならぬものを映す大きな黒玉の瞳はその奥を見せない。その柔らかな指は真っ直ぐに櫛名田姫を示している。

「出雲の王となる子は、しばしの間、豊葦原全てを掌中《しょうちゅう》に収めることとなろう」

巫女神の黒い瞳にじっと見据えられ、国つ神の娘は金縛りにあったように立ちすくんだ。

「選ぶのは娘、お前自身。己が目で見て、その子の祖《おや》となる者を定めよ」

「は、はい……」

何が起こっているのか分からぬまま、櫛名田姫が答える。

「櫛の名を持つ娘よ。その名のごとく姿を変えよ」

ぱん、と菊理媛が両手を打ち合わせると、そこに櫛名田姫の姿はなく、ころんと小さな櫛が転がっていた。稲穂模様の櫛。

小さな手がそれを取り上げ、傍らで呆然としている男神に差し出す。

「この櫛を挿してゆけ。この娘はここで絶える命運にないゆえ、身に着けていればそなたの守りとなろう」

「ありがたくお受けする」

両手でうやうやしく受け取ってから、ふっと頬を緩める。

「しかしな、お守りなら持っているんだ。媛にもらったものをな」

懐から取り出したのは、柔らかい布に大切にくるまれた桜色の片貝だった。

菊理媛の瞳が揺らぎ、いつもの媛に戻った。

泣きそうな顔をして、ぎゅうっと須佐之男にしがみつく。

「心配するな。すぐに帰ってくるさ」

頭のてっぺんに大きな掌を載せると、菊理媛は衣に顔を埋めたまま何度も頷いた。そして顔を上げると、にこおっと笑顔を見せた。

「よく我慢したね」

大股に館を後にする須佐之男の耳に、鳥船が囁く。

「時間を取られた。なぜ今この時にあんな話を持ってくるのか」

須佐之男の吐き捨てるような口調に、くすくすと忍び笑いが返ってきた。

「君に断わるスキを与えないためだよ。弱者の知恵ってやつ。その話はまたあとでって言わせるためだよ。で、あとになったらお膳立が整っているって筋立て」

「俺じゃなくても他にもふさわしい相手はいるだろう」

「さあね。大蛇に見込まれた娘っていうだけで、大抵の男は二の足を踏むだろうよ。蛇は執念深いって言うからね」

「しかし」

「ま、僕としては菊理ちゃんがあっさり引き下がった方が驚きだね。もっとすねるかと思っていた」

ぴた、と鳥船の足が止まる。眼前には葦の原が広がっている。

「お見送りはここまでにするよ。頑張っておいで」

＊

（力が満ちた）

〈それ〉は喜びに身を震わせて、水底の暗い巣穴から這い出した。初めのうちはゆるゆると、次第に勢いを増して、周囲の土砂を巻き込み、その上に生えている苔むした杉や檜を背に乗せて巨大な塊となって川を下る。

（もっと、もっと速く！）

傾斜が急なうちに勢いをつけておかなくては、あの青い水の塊までたどり着けない。

（今度こそ）

そう思い続けて八年。いつも邪魔されてきた。

いつも橋の上にいる、あの人草の娘。何の力も持たぬくせに、進路に立ちふさがってくる。いや、力がないというわけではなかった。七度も〈それ〉の行く手を阻《はば》んだのだから。

――お鎮《しず》まりください。どうか、お鎮まりください。

祈りの詞を抱いて懐に飛び込んでくる。通り道の真ん中にいるのだ。避けようがない。〈それ〉に飲み込まれたあとも、声は体の内から囁きかける。その呪言《じゅごん》を聞いているうちに、いつしか眠気がさしてきて、身から力が失われていくのだった。

――荒ぶる御霊よ、どうかお鎮まりを。

祈る声を聞きながら、うとうとと眠りに落ちる。と、次に気づいた時には元の場所に戻っている。

（此度《こたび》はどうか）

泥飛沫を跳ね上げて橋を飲み込む。いつものところに人草の姿はなく、体内に飲み込んだ気配もない。あの忌々しい声も聞こえない。

（この地より離《か》れたか）

川渡りによって、人草の営みを幾度も壊した。ここの暮らしに飽いて新たな地を求めて去ったのだろう。

（邪魔する者はいなくなった）

心が沸き立つ。さらに勢いを増し、轟々と音を立て、渦を巻いて、〈それ〉は嬉々として先を急いだ。

首を伸ばすと、青い水は今までで一番近いところにあった。

微かに生臭い潮の匂いが届く。

何やら芳しい、甘い匂いと共に――

＊

夕暮れ時。西の方の雲の端が赤黒く染まっているのが見える。あちらには雲の切れ間があるのだろう。頭上の天は相変わらず雲が重く垂れ込めて、暗い。

ドドドド――…。

東の方からは山津波に似た音が近づいてくる。

（来たか）

剣の柄《つか》を握り直す。

葦の原に身を潜めて半刻は経っただろうか。待つには長い時が過ぎた。

足元に微かな振動を感じる。水鳥たちがけたたましく鳴きながら一斉に飛び立っていく。揺れは次第に大きくなっていく。生き物の気配が完全に葦原から消えた。

大蛇はどこまで来たのだろう。確かめようと顔を上げると、もやもやとした黒い大きな塊が見えた。全体ははっきりしない。視界が悪いせいだ。かろうじて雨は上がっていたが、日も月も星も厚い雲の上。しかも靄まで立ち込めてきた。

おそらくあれが首なのだろう。長く伸びた影の先端に、一対の赤い光がある。大蛇の目だろうか。八つの頭があるというが、確認できるのはそれだけだ。あとはその背後でうねるものが見えるばかり。分かるのはかなり巨大だということ。

少しずつ、それは速度を落として近づいてくる。赤い光が大きく左右に動いている。何かを探しているようだ。

一本の頭が、地面すれすれまで下がってきた。他の頭らしきものもそれに倣う。

（うまくいってくれ）

須佐之男は息を詰めて、その動きをじっと葦の隙間から見守った。

＊

白い水と黒い水と金の水。

見つけた。心惹かれる匂いの正体はこれだ。

初めて見るものであったが、無性に懐かしい。多分、身の内にあるこの塊が知っているものなのだ。

危険なものではないらしい。思う存分啜《すす》りたいという欲求が押さえがたい。青い水のことも、この一時、心から消え去っていた。

最も慕わしく感じられるのは白い水だ。その昔、一番馴染んでいたものだ。

大蛇はゆっくりと首を下げた。白い水を飲むためにはちっぽけなくぐり戸に頭を突っ込まなければならなかったが、大して気にもしなかった。

水に届いた。ふわりといい香りが鼻をくすぐる。そのあとはただ、夢中で飲んだ。あっと言う間に器が空になった。戸から首を抜いて、次の器に移動する。白い水を全て飲み干すと、次は金の水へ、そして黒い水へ。

気分がいい。飲めば飲むほど気持ちが良くなる。体がふわふわして、重たくなっていく。

周りで何か音がしているようだが、大したことではあるまい。

いい気分だ。

今までで一番、幸せな気分だった。

＊

ドオオーン…。

重たいものが倒れる音がした。

須佐之男はとっさに音の方へと走り出していた。

「おっと」

長々と寝そべった倒木につまずきそうになって、慌ててよける。いや、倒木ではない。

酔いつぶれて眠ってしまった大蛇の首だ。

「これは、……どこで切り落とせばいいんだ」

夜の暗がりの中、首は近くの小高い丘の方に向かって続いていた。丘を枕にして寝ているらしい。やけに人間臭い蛇だ。

ふと気が緩んだその時に、背後で風を切る音がした。振り返る。黒々とした大木が、いや大蛇の首がこちらに向かってきた。

「ちっ！」

油断した。酔い潰れていない首もいた、ということだ。

間一髪、飛び退って避ける。押し潰すつもりだったのか、頭は激しく地にぶつかった。

その首に剣を振り下ろす。

ざく、と砂を切るような手ごたえがあった。ぼろぼろと切り口が崩れてゆく。切り離された頭を地上に残し、またゆらりと首が立ち上がる。

さらに側面から、その反対側から、影が迫ってくる。頭なのか、尾なのかさえ判然としない。赤カガチの目を持っていたのは酔いつぶれた一頭だけのようだ。

巨大な図体に似合わぬ速さで影が追ってくる。一つを切り落とし、返しざまにさらに一つを落とす。

「ええい、コイツもか！」

大蛇の体を切り裂く度に、ざあーっ、と頭上から大量の土砂が滝となって襲ってくる。

「くそっ！」

もうもうと上がる塵埃《じんあい》に咳き込みながら、悪態をつく。

「いい加減、くたばりやがれ！」

こちらの攻撃がまるで効いていない。苛立ちと徒労感だけが募ってゆく。口を開いた拍子に砂が入った。じゃりじゃりとした不快な感触を唾と共に吐き出す。ぬるりと金気《かなけ》臭い味がした。口の中を切ったらしい。

（落ち着け。どこかに本体があるはずなんだ）

本体の頭は、おそらく丘を枕にして眠っているヤツだ。しかし、土頭たちに翻弄されているうちに離れてしまった。尾の方から狙うしかない。

残りの頭が全てこちらを向いていた。はっきりとは見えずとも気配がひしひしと伝わってくる。

ズシーン――…、ズシーン――…。

地響きがする。音に合わせて、ゆらり、ゆらり、と大蛇の体が揺れる。黒い塊はますます大きくなり、天をも突かんばかりになった。大蛇が敵の姿を認め、間合いを詰めてきたのだ。

「アイツ、足があるのか」

須佐之男は呆れたように呟いた。全く、ことごとくこちらの先入観を裏切ってくれる。

雲垂れ込める夜。月読の加護はない。

星影もささぬ暗闇では、どうしても分が悪い。

(当たるを幸い、切りまくるしかないのか)

どれが頭でどれが尾なのかは、この際どうでもいい。どいつもこいつも先の方だけ切っても、胴体につながっている方が起き上がってくるのだから同じことだ。

一つ落として次に向かえば、復活した頭に背後から弾き飛ばされる。

胴の上には山から乗せてきた木々がそれぞれ勝手な方向に傾き、倒れ、乱雑に散らばっている。下手に踏み込むと危険だ。

(やはり、尾から狙うしかない、か)

できるだけ根元を、胴に近い方を切らねばならない。尾も八つ。本体に当たるまで地道に一つひとつ落としていくより他に手立てはない。しかし、胴に近づきすぎるとその背の上に危なげに立つ木々にやられる。

時間ばかりがいたずらに過ぎてゆく。酒の効果が気になり始めた。せめて夜明けまで持つだろうか。いや、それまでに己の体力が尽きてしまいそうだ。

無数の傷と打ち身。体中痛くないところがない。骨が折れていないのが不思議なくらいだ。美しかった衣は見るも無残な有様で、かろうじて腰の周りに巻き付いているのみ。泥をかぶり続けたせいで、全身がごわごわする。傍から見たら泥人形に見えるだろう。

はっと気づいて頭に手をやる。櫛はそこにあった。

（よかった。無事だったか）

今の今まですっかり忘れていた。その謝罪も込めて、できるだけ優しく語りかける。

「つらい目に遭わせてすまない。両親のもとに帰るまで、必ず姫はお守りする。俺の名誉にかけて」

（はい）

恥じらいを含んだ小さな返事が返ってきた。意外に落ち着いているようで、安堵する。

（命さま？）

「何だ」

（あの…、右手奥の大きな木の根元なのですけれど）

頭を廻《めぐ》らす。すぐにどれのことを言っているのか分かった。土の塊の一角に、鈍く光るところがある。一直線にずかずかと近づく。今さら警戒などしても意味はない。

「ここか」

一本の尾の付け根。思いっきり剣を振りかぶって、一気に打ち下ろす。

ガツン！

今までにない、硬い手ごたえがあった。引き上げると、剣の刃が欠けていた。

「なんだと！　鉄の剣を欠くものが……」

愕然として剣を見つめる。一瞬、大蛇から気が逸れた、まさにその時、大地が大きくかしいだ。

「くっ！」

ぬかるみに足を取られて倒れ込む。とっさに頭をかばい、したたかに肩を打ちつけた。

利き腕の方だ。剣が手から跳ね飛んで行ったが、すぐには立ち上がることもできない。

大地が蛇のようにうねる。いや、ここが大蛇の背の上なのだ。水分をたっぷり含んだ泥が波を立てる。

大蛇に痛手を与えたのは確かだった。しかし、これからどうすればよいのか。

（動きが取れぬ）

はや空が白み始めている。一晩、格闘していたことになる。それなのに、まだたった一撃しか与えられていない。一気に疲れが押し寄せてきた。体が重い。

（ここであの頭が酔いから醒めたら）

「おー…い」

頭上から呼ぶ声がする。左手をかざし、目を凝らして天をあおぐ。

大きな白鳥。鳥船だ。

「須佐ー、無事ー？　生きてるー？」

いつものののんびりした口調に、力が抜けた。そのおかげで焦りも消えた。

鳥船は須佐之男の頭上に来ると、大きく旋回した。

「今、助けるから、ちょっと待ってて」

「助けるって、どうやって」

言い終わらないうちに、鳥船の背から何かが落ちてきた。その姿を認めて唖然《あぜん》とする。

「菊理媛！」

恐れ知らずの小さな媛は、ためらいもなく真っ直ぐに落ちてくる。両手を広げ、須佐之男めがけて。

どすん。

「うっ！」

頭が鳩尾《みぞおち》を直撃した。くらくらと気が遠くなる。派手な泥飛沫を上げて朱に染まった野原に倒れ込んだ須佐之男を踏み台にして、菊理媛は軽やかに大地に降り立った。

辺りをぐるりと見渡し、地に右手をつくと朗々と響く声で告げる。

「元の姿に戻れ！」

ドオォーーン……。

音にならぬ低い響きが大地を揺るがした。空気がビリビリと震える。小さな手から放たれた波動が輪紋を描いてどこまでも広がってゆく。

そうして、この世の全てが動きを止めた。

ざあーっと土波が凪《な》いで、平らになってゆく。見るも無残な泥の海と化した葦の原で、植物たちが懸命に朝日に向かって頭を持ち上げようとしていた。

白骨化した死体が、後生大事に抱えていた太刀。須佐之男の鉄剣の刃を欠いたのはこれだった。しかしその表面は曇って光は鈍くむらがある。とてものこと鉄に敵《かな》う金属には見えない。

また、特異なのはその形状だった。刃の両側に枝のような突起がある。

「七支太刀《ななつさやのたち》」

菊理媛が、そうっと死者の手からそれを取り上げようとした。しかし渡すまいとするかのように絡み付いて取れない。

「スサ」

困ったように振り返る。

「その太刀を取ればいいのか？」

「まるごと。この人ごと掬《すく》って、こっちに持ってきて」

まるごと……。意図を測りかねて、鳥船と顔を見合わせる。

「ま、いつものことじゃないか。菊理ちゃんの仰せのままに」

鳥船は肩をすくめると、白い衣が汚れるのも構わず、泥の中に両手を差し入れた。慌てて須佐之男も反対側から、骨をばらばらにしてしまわないよう気をつけつつ、手を突っ込んで持ち上げる。

「あ、あのわたくしもお手伝いを」

元の姿に戻った櫛名田姫も細い両腕を差し出したが、

「ああ、いいのいいの。疲れているんだし、そこで見てなよ」

鳥船が遮った。

菊理媛はしばらくあちこちをうろうろしていたが、やっと満足のいく場所を見つけたようだった。

「ここに」

指さすその先に、流れる水。

折れて頭を垂れた葦の間を縫って流れるその水は、濁りもなく、驚くほど澄んでいた。

須佐之男と鳥船が太刀を抱いた人骨を流れの中に横たえる。骨も太刀も、水に清められてくっきりと本来の姿をさらけ出した。

葦の中に埋もれて流れの際に立つ媛が、空を仰いで言の葉を紡ぎ始めた。

ななつさやのたち

玉響《たまゆら》の声に風が感応する。

呪言を唱える声が歌となり、流れ、荒れ果てた葦の原に沁《し》み透《とお》ってゆく。

ひふみよいむな　ななつのさやの　さやさや
さやにやどれる　ななつのみたま
くもたつがごと　たちよりいでて　たちかえり
かえりてたてよ　ななつのみたま

水面から、雲が湧くように白い霧が立ち上る。

ふわり、ふわり。

その霧の中に蛍のような光が七つ。

光たちはふわふわと宙を漂い、やさしく瞬きながら櫛名田姫を取り巻く。

黄泉を知る者には馴染みのある光だった。

「これは？」

淡い光に囲まれて戸惑う櫛名田姫の肩に、鳥船がそっと手を置いた。

「それは、あなたの姉君たちだよ。御魂となっても妹を覚えているんだね」

ずっと大蛇の体内に、その核となる太刀に宿っていたのだろう。取り込まれて、それとも自ら進んで。

そうして祈りの詞を唱えていたのだろう。

「ああ、お姉さま……」

櫛名田姫は顔を覆って、その場にくずおれた。指の間から清らかな滴がとめどなく流れ落ちる。黄色い光たちが慰めるようにくるくるとその周りを回った。

「あっちの骨は誰のものなんだろう」

鳥船が、ようやく土に還ろうとしている人草を振り返る。

「越の鍛冶師――」

須佐之男がふと浮かんだ言葉を口にすると、

「そう」

菊理媛が頷いた。

「鍛冶師は帰りたかった。死んでからも思いは残った。それは鍛冶師が最後に打った太刀」

澄んだ水の流れに沈む太刀は、もはや文《さや》を持たない。鍛え上げた鋼の輝きを放っていた。

「太刀に思いが宿り、大蛇となって海を目指した。海から越へと帰るつもりだった」

「菊理ちゃん、よくそんなことまで分かるね」

ひゅうっ、と鳥船が口笛を吹く。

須佐之男が厳粛《げんしゅく》な思いで捧げ持つ太刀を、もう一つの顔が覗き込んだ。

「へえ、すげえじゃん。アイツ、いいもん遺したな」

印象的な肌の色、はしっこそうな瞳がきらきらしている。昨日川べりで会った少年だった。

「誰？」

初顔合わせの鳥船が尋ねる。

「国つ神、金屋子《カナヤコ》」

答えたのは菊理媛だ。

「お前、国つ神だったのか」

「まあね。まだ修業中の身だけどさ」

呆れたような声で須佐之男に問われ、金屋子はちょっと照れたように鼻の下をごしごしと擦った。

「おいら、あそこのタタラ場の守り神だったんだ」

「へえ、すごいじゃん」

鳥船が感心する。

「そうでもないよ。ちっちゃなタタラだった。採れる砂鉄が少なかったから。あ、でも質は良かったんだぜ。それに、鍛冶師も腕のいい奴らばっかりだった。中でも越から来た男は特別だった。体は小さいし、風采《ふうさい》は上がらないし、地味だったけど、ひとたび金床に向かうと一変するんだ。それがおいらには不思議でさ。人ってすごいなあ、って思ってた」

目を輝かせて一気に語る。

「砂鉄が採れなくなっても、あの男は山を下りなかった」

「なんで？」

「分からない。あんなに故郷に帰りたがっていたのに。他の奴らはさっさと実入りのいいタタラに移って行ったってのに」

金屋子は力なく項垂《うなだ》れて首を振った。

「太刀を打ってさ、出来上がるたびに、これじゃない、これじゃない、って片っ端から炉に放り込んでまた打って、炉に放り込んで。見てられなかった。何にも食べないから痩せこけて、何日も眠らないのに目だけはぎらぎらしてるんだ。おいらがちょっと留守にしてる間に死んでた」

「それで、あんたはタタラの最期《さいご》を見届けて余所《よそ》に移ったんだな」

「うん。ここらは金精の眠る山がたくさんあるから、おいらを必要としてくれる者たちもいるんだ」

「じゃ、大蛇のことは？」

「山を去ってから聞いた。で、戻ってきてあれを見た。あれを見たらもう、なんだか悲しくて悲しくて。ここを離れられなくなって、毎年見てた」

「見てただけ？」

問いつめるように鳥船が金屋子の顔を覗き込む。

「おいらの手に負えるシロモノじゃなかったもん。だから大山津見さまに相談した」

「それで俺のところに話が来たのか」

やっと得心《とくしん》した。初めにこの地を訪れた時、足名椎は端《はな》から諦めていた。娘を差し出してたった一年ではあるが、それで村が守られるならいいと。大蛇退治のもともとの依頼者はこの、金屋子神だったのだ。

「ところで、なんでこのちい姫さまはおいらのことが分かったんだ？　石長姫でさえ気づかなかったのに。それに、鍛冶師のことも」

まじまじと金屋子が菊理媛の顔を見つめる。

「太刀が話してくれた。それと、この子が」

いきなり菊理媛の陰からひょこっと黒い頭がのぞいた。

「へ、蛇！」

八俣大蛇には比べるべくもないが、十分に大きい。長さは菊理媛の背丈の二倍はある。それが、甘えるように菊理媛の肩に頭を載せている。菊理媛がその頭を撫でてやると、嬉しそうに目を細めて喉の奥でくるくると音を立てた。

金色の目、光を受けて紫に輝く黒い鱗。頭に二つの突起。

「角だ……」

「黒竜か！」

「もとはふつうの蛇。高天原と黄泉のお酒がこの子を竜にした。この子が鍛冶師の思いを越の国に運んでくれる」

菊理媛がにこっと笑う。

「今回も結局、最後の最後は菊理ちゃん頼みだったね」

呆然と立ち尽くす須佐之男の内心を、鳥船が代弁した。

きゅう、と竜が可愛い鳴き声を上げた。

終章

夜見の宮。

その主の御前で、須佐之男は豊葦原中つ国であったことのあらましを報告していた。

「大蛇の中から発見されました、越の鍛冶師なる者の手による鋼の太刀は、高天原に献上いたしました」

天照は大いに喜び、その太刀に天叢雲剣《あめのむらくものつるぎ》という銘を与えたという。雲に縁の深い太刀にはふさわしい名だ。そしてその返礼として極上の酒と三種《みくさ》の宝物を贈って寄越した。それが今、須佐之男の前にある。

宝物の名は生太刀《いくたち》、生弓矢《いくゆみや》、そして天の詔琴《のりごと》。

須佐之男は助力の礼として、これらを伊邪那美に贈るつもりだった。ところが、あっさりと断られてしまった。

「死者の魂が集う黄泉の国に、それはふさわしくあるまい」

というのが理由だった。

「わらわは酒をいただこう。常世の酒も悪くはないが、米が穫れぬのでな。木の実の酒ばかりでは飽きがくる」

さっそく朱塗りの杯に透明な酒を注ぎ、ご満悦の体である。

大蛇の話を肴に酒を酌み交わし、ほどよく酔いが回ったところで、黄泉津大神は須佐之男があえてさらりと流した話を蒸し返した。

「で？　国つ神の娘を娶《めと》ったのか。どんな娘じゃ？　美形か？　性根《しょうね》は？」

興味津々。ぐいっと膝を進めてくる。

「は……」

返答に窮する男神に、したたかな女神はひらひらと手を振った。

「照れずともよい。髭も元通りになって、男っぷりも上がったではないか。もっとも、むさくるしいのはわらわの好みではないが」

そう。頬に顎に、髭が戻っていた。おそらくあの時、葦の原での菊理媛の詞のせいだ。

『元の姿に戻れ！』

大蛇は土くれに還り、鍛冶師の魂は黄泉路をたどって現世と常世を巡る旅に戻った。

ささやかすぎて気づかなかったが、髭もその時に元に戻ったのだ。気づいたのは足名椎の館に帰って、石長姫に指摘されてからだ。

休む間もなく全身を清められ、板敷の間に通され、上座の敷物に座らされると、眼前にはずらりと国つ神たちが平伏していた。その中央にいたのは石長姫の父、須佐之男の兄である大山津見神であった。

『おお、ご苦労だったな』

大山津見は満面の笑みで須佐之男を迎え、酒を勧めた。

『これでわしも枕を高くして眠れるというものだ。最高の褒美《ほうび》を用意せねばなあ。ささ、飲め飲め』

すぐに眠気が襲ってきた。うつらうつらしながら、次々と現われる国つ神らの謝辞を聞き、杯を受けた。その場に何やらそわそわした気分が漂い始めたが、頭はゆらゆら揺れるばかりで、さっぱり働いていなかった。ぼうっと座ったまま、せわしげに動き回る者たちの影を眺めていた。

いつ宴が終わって、いつ自分が床に就いたのかさえはっきりしない。目が覚めると次の日の朝になっており、隣に櫛名田姫の姿があった。

「まんまと嵌《は》められたというわけじゃな。大山津見め。なかなかやりおるわ」

ころころと伊邪那美は愉快そうに笑う。

「もう、驚きで声も出ませんでしたよ。婚姻とはあのように慌ただしいものなのですか」

「それぞれの場合《ケース》によるが、少なくとも婿どのが人事不省の間にことを運ぶなどというのは聞いたことがない。前代未聞じゃ」

　笑いの止まらない伊邪那美の前で、須佐之男はむっつりと口をつぐんだ。

「す、すまぬの。ふふふ。で、女君は？　そなたと同じようにぼんやりしておられたか？」

「いえ、落ち着いておりました」

　初めて会った時の印象などもう記憶にない。ひっそりと大人しげな、影の薄い少女だった。それが、一夜のうちにもう妻の顔になっていた。

　起き抜けでぼんやりしている須佐之男の衣装を整え、ぼさぼさの髪を梳《す》き、かいがいしく世話を焼いてくれる。沈んだ顔しか見たことがなかったが、本来はよく笑う娘らしい。

　正直、伊邪那美や天照、菊理媛といった女神たちを見慣れた目にはことさら美しいとは見えない。凡庸だ。しかし、にこにこと、楽しそうに立ち働く姿は好ましかった。須佐之男は穏やかな気分で、櫛名田姫が働くのを眺めていた。

「それで、名実ともに、その姫を妻にした、と」

「それは、その。そういうことに……」

　しきたり通り、三晩、臥所《ふしど》を共にした。

一夜目は、それこそ泥のように眠ってしまったので、何事もなかった。

二夜目は、それなりに打ち解けて、夜が更けるまでさまざまなことを語り合った。櫛名田姫は、どのような話でも目をきらきらさせて聞いてくれた。この夜、須佐之男は姫を妻にした。

三夜目のこと。連日の宴に疲れて、新妻は早々に眠りに落ちてしまった。須佐之男はなぜか眠りが浅く、少しうとうとしては目を覚まし、またとろとろと眠るという、寝苦しい夜を過ごしていた。

何度目かの浅い眠りから覚めて、くるっと寝返りを打った時、庭に白い女の影を見た。いや、見えるはずなどなかったのだ。御簾《みす》が下ろされていたのだから。

だが、その時は特に不思議とも思わず、御簾を上げて外に出た。

ゆっくりと影に近づく。女はこちらに背を向けていた。

『そなたは』

女が振り返る。櫛名田姫と変わらぬ年頃の娘だった。

はっと息を呑む。次に自分の目を疑った。その顔には見覚えがある。いや、見覚えなどという不確かなものではない。

『そなたは…』

声が震えた。何と声をかければよいのだろう。何と呼べば。

じっと娘が須佐之男を見つめる。大きな黒い瞳に涙が盛り上がり、涙は白い珠となってほろりとこぼれ、頰の上を弾んで落ちた。

――スサ……

女の口が言の葉を形作る。音はない。

そして、瞬きをする間に消え去った。

もとから誰もいなかったかのように、夜の庭を月が照らし、風が寝乱れ髪を揺らす。

そのあと、須佐之男はまんじりともせず、夜明けを待った。

「ははは。そのうち、豊葦原のあちこちからそなたに悪竜退治の依頼が舞い込むぞ。嫁つきでな」

「冗談ではありませぬ。お教えください、母上。俺はどうすれば――」

「ふふ…。わらわに妹背の道を尋ねるか」

櫛名田姫を妻にした。それは、必要なことだったのだと思う。足名椎と手名椎のためだけではなく、中つ国のためにも。

菊理媛は大蛇との戦いに赴くに当たって、櫛名田姫に自ら選べと言った。そして、櫛名田姫は自分を夫として選んだ。いずれ出雲の王となる子孫の祖としてふさわしいと判断したのだ。

「俺がいるべき場所はここです。豊葦原にずっと住むことはできない。そして――」

「妻たる娘のいるべきは豊葦原。根の堅洲国ではない、と」

「はい」

櫛名田姫は得心してくれた。時折は訪ねてきてくださいね、と言葉を添えて。

「勝手な言い草じゃ。振り回される女の身にもなれ。……と、言いたいところだが。今回はそなたが振り回された側だからの。同情くらいはしてやろう」

すっと伊邪那美が席を立った。

「ついて参れ」

明浜に常世の波が打ち寄せている。ここの時はゆったりと流れる。高天原とも、豊葦原とも違う。

「ここにも天はある」

伊邪那美が目を細めて空を仰いだ。

「しかし、この天はどこにも通じておらぬ。どれほど高く昇ろうと、高天原にはたどり着けぬ。そなたに話したことはあったか？」

「いえ。初めて伺います」

「そうか」

寂しげな笑みを浮かべて海原を指さす。

「この海もしかり。どこまでも続いている。しかし、豊葦原にたどり着くことはかなわぬ」

不思議なことに、そうなのだ。

ここから海の底にあるという綿津見の宮に行くことはできる。豊葦原の熊野からも綿津見の宮に通じる道がある。

なのに、この浜から直接豊葦原に至ることはできないのだ。

「ここは図らずして生まれた国。柔らかな脂のごとく漂う混沌を、背の君と共にかき混ぜている折に、中に入り込んだ途方もなく大きな気泡のようなもの。黄泉の国なるものの存在など、わらわは己がここに来ることになったあの時まで知らなかった」

「母上……」

「なあ、須佐之男よ」

黄泉津大神は軽やかな調子で伊邪那岐の息子に尋ねた。

「この世の始まりを知っておるか」

「いえ」

「そうだろうな。ふふ。わらわも知らぬ」

「俺をからかっておられるのか」

「まさか！」

しばし二柱の神は口をつぐみ、波の音に身をゆだねた。穏やかなひとときを壊さぬよう、静かな声で女神が語る。


夫《そ》れ混元《こんげん》既に凝《こ》りて、気象未《いま》だ効《あらわ》れず。名も無く為《わざ》もなし。誰か其の形を知らむ。

「この世が始まる前、天も地も時間も空間もなかった。そこに天地万物の兆しが現われた。それは、乾《けん》・坤《こん》・宇《う》・宙《ちゅう》が分かたれておらず、全てが混じり合ったかたまりだったという」

乾坤とは天と地、宇宙とは空間と時間。天地が分かれたからこそ、そこに空間が生まれ、時が流れ始めた。

「われらの御祖が生じたのは、天と地が分かたれた、そのあとだ」

国生みの神は何を言おうとしているのか。須佐之男は黙って耳を傾けた。

「では、乾坤宇宙は誰が分けた？　その前に、その混沌はどこから生じた？　誰が生んだのだ？　わらわはずっと不思議だった。黄泉に来てから考える時はたっぷりあった。考えても一つしか思いつかなかったよ。おそらくわれらの前にも神がいたのだ」

身に震えが走る。まだ理解はできない。できないが、ただ無性に恐ろしい。

「それは！　しかし！」

片手を上げて、須佐之男を制し、なおも伊邪那美は語る。

「わらわにその考えをもたらしてくれたのは、菊理媛じゃ」

「菊理媛……菊理媛が？」

呆然と繰り返す須佐之男を、女神は痛ましげに見た。

「わらわが黄泉に来た時、すでに菊理媛はいた。現世と常世の境を守る神、この世の摂理を守る神として。摂理を守る者が摂理に支配されていては、役目を果たせぬ。役目を果たすためには、摂理の外側にあらねばならぬ。つまり、菊理媛はこの世の摂理の中にはいない。ひいては、われわれが属するこの世のものではないということになる」

「この世のものでは、ない？」

——母上は何をおっしゃっているのだろう。

——分からない。

——この世のものではない？　だれが？

「もともと媛とわれわれの間には距離があった。千引き石を超えて、媛が黄泉を訪れるなど、そなたがここに来るまでは滅多にあることではなかった。交流がなかったというわけではないぞ。そなたも見たであろう。千引き石を挟んで話すのが常だったのだ。このところ、すっかり忘れていたがな」

須佐之男は混乱した。途中から、伊邪那美の声は頭の中を素通りしていた。

ただそこにあったのは、手を伸ばせばいつも近くいた小さな媛。愛らしい仕草、笑顔。

（それが、この世のものではない？）

「分かり、ません。母上……。俺は……」

息が苦しい。絞り出した声は伊邪那美に届いたか。

「すまぬの。そなたを悩ませるつもりではなかった。しかし、そなたが国つ神の娘を妻にしたと聞いて、話しておかねばと思った」

「なぜです、母上。なぜそうお思いになった」

須佐之男の息は荒い。

「母上、か。そなたにそう呼ばれるのにも慣れたな」

伊邪那美が笑みを浮かべた。

はっと胸を突かれる。

毒も皮肉もない、透き通るほどに清らかな、慈愛に満ちた笑み。見つめていると胸が切なくなる。それは、母の顔だった。

「そなたが、現世常世どこであれ、この世で幸せになろうとするならば、われらと同じ世に属する女を妻に求めるがよい。菊理媛はわれらとは異なる神。おそらくわれらよりも上位の、異なる次元に属する別《こと》つ神だ。その神々にとってわれらは、われらにとっての人草、いや獣と等しいやもしれぬ。われらは野の獣を愛する。しかし野の獣と連れ添おうなどとは考えぬものだ。そなたは菊理媛を愛でておるが、その思いはどのようなものだ？　菊理媛は確かにそなたを気に入っておるようだが、そなたと同じ思いで応えてくれようか」

「分かり、ません……」

がっくりと、須佐之男は砂の上に膝をついた。

あの夜、婚礼の三日夜、影となって自分の前に現われたあの姿。あれは、自分への想いが形になったものではないかと、密かに自惚《うぬぼ》れていた。

（思い上がりだったのだろうか）

本当は、自分など、たまたま見つけた風変わりな遊び相手に過ぎなかったのだろうか。たわむれに野ウサギを可愛がるような、あるいはあの孤独な黒い竜を甘やかすような。そんな類の愛に過ぎなかったのだろうか。

「考えるがよい。考えて、そして行なうがよい。自分が良いと思うことをな」

苦悩する須佐之男の背後で、砂を踏む音がした。それはゆっくりと遠ざかり、明浜には須佐之男だけが残された――

はずだったのだが。

（あ〜あ、母上ったらひどいなあ。脅かしすぎだよ）

（須佐の君が気の毒です）

（……、……）

（あ、弥都波ちゃんもそう思う？　だよねえ）

（媛を引っぱり出せるのは、あの方だけだとぼくも思うのですけれど）

不自然な場所にどん、と座っている大きな岩。その向こうからひそひそと話す声がする。また、その内容が聞き捨てならない。

もちろん、声の主は分かりきっている。

ぎゅうっと拳を握りしめて、須佐之男はゆらりと立ち上がった。

「と〜り〜ふ〜ね〜〜〜」

たっぷりと怒りを含んだ声に、岩陰から三つの悲鳴が上がった。

菊理媛が白山の宮に籠もってもう五日ほどになる。塞の神は気が気ではない。

豊葦原から帰ってきた時、菊理媛は確かに様子がおかしかった。しかし、何も話してはくれなかった。

朝夕、明らかに食べきれないほどの料理を用意させたり、色許女を相手に小太刀を振り回したり。

そして今は、塞の神でさえ立ち入ることのできない結界の中に引き籠もって、さっぱり音沙汰がない。

(一体、媛さまはどうなさったのか)

こんな無茶をして、御身に何かあったら。

何度呼びかけても、宮の内からは返事がない。

宮の前をうろうろするより他にすることがない。

「媛さま、爺の声が聞こえましたら、お返事くださりませ」

もしかしたら今度こそ、と淡い期待を抱いて声をかける。答えるのは己の木霊《こだま》ばかり。

翁神はがっくりと肩を落とした。

「だから、ごめん、ってば。まさか、こんなことになるとは、思わなかったんだよ」

黄泉から現世に至る路は三筋。

一つは出雲の伊賦夜《いふや》に至る道、一つは熊野の花の巌へ続く道、一つは近江の大津へ向かう伊邪那岐専用の小路である。

そのうちのどれでもない四つ目の道が千引の岩戸から北に向かって伸びていた。いつもは隠されているその道の先に、菊理媛の居所、白山の宮がある。

水晶に囲まれた細い道はうねうねと曲がりくねっており、先に行くほどさらに細くなってゆく。

次第に起伏が激しくなり、来るものを拒んでいるかのようである。

白山の宮へ向かう途中、息を弾ませながら、鳥船は必死に弁明していた。

「菊理ちゃんが、大きく、なりたいって、言うから。みんな、悪気は、なくて……」

追いかけてくるその言葉に、須佐之男は何も答えない。

鳥船に対して怒っているからではない。怒りを向けるとしたら、自分自身に対してだ。

八俣大蛇を退治したその夜、祝いの宴が始まる前に菊理媛は館を抜け出した。いつ出て行ったのか、須佐之男は知らない。まるで気がつかなかった。いつも当たり前のように隣にいた媛が、自分の傍にいないことに気づかなかったのだ。

媛の不在を知ったのは翌朝、石長姫に教えられてからだった。

（どうかしている）

なぜその夜に限って菊理媛のことが頭から抜け落ちていたのか。

なぜ媛は何も告げずに去ったのか。

それは分からない。

しかし菊理媛が大きくなりたいと言った理由については心当たりがある。


『もう少しねびておられたら、釣り合いが取れましょうに』

『子でなし、妻でもなし。中途半端なお立場であることよ』


根の宮で暮らすようになってからたびたび聞いた、あの言葉である。

塞の神ばかりではない。

面と向かって言う者はなかったが、宮の者たちも菊理媛をどう遇《ぐう》していいのか戸惑っていた。妻でもなく、子でもなく、客というほどよそよそしくはない高位の神。

それもこれも、今思えば——である。

(俺は、何を見ていたんだ)

『大きくなるためにはたくさん食べなくては』と言われて限界以上の食べ物を胃の腑《ふ》に押

し込み、『運動が必要ですよ』と言う者があれば色許女たちの訓練に交じって太刀や弓を習い。

そしてうっかり鳥船が口にした『寝る子は育つ、って聞いたことがあるけれど』という話を素直に実行に移してしまった。

本心から信じたわけではあるまい。そんなあやふやな俗信にすがるほど、本気で須佐之男と釣り合いの取れる姿になりたかったのだろうか。

目の前で、並んで見劣りのしない釣り合いの取れる娘が、須佐之男の妻として認められるところを見てしまったから。

（俺は、何をしていたのだ）

あの婚姻も、断わる方法はあったはずだ。しかし、流されるままに櫛名田姫を妻にした。彼女自身に不足はない。好ましい娘だとは思う。そうでなければ、流れなど一蹴《いっしゅう》していただろう。

つまりは、望んで妻にしたのと同じことだ。ひとり娶れば、次を断る理由はなくなる。断ればその娘に傷をつけることになる。

（媛！）

ぎりぎりと唇を噛む。唇に血がにじんでいるのにも気づいていないようだった。
烏船は追いかけるのを諦めた。みるみる須佐之男の背中が遠くなっていく。
ここからは須佐之男と菊理媛の問題だ。
(僕がついていったら、うっかり余計な口を挟んでしまいそうだし)
白山の宮はもうすぐそこにある。
(どうか、うまくいくように)
後ろ姿を見送りながら、烏船は祈った。

宮の手前で塞の神が須佐之男を迎えた。
ほんの数日の間に、小さな体がさらに小さくなっている。
「ここからは入れませぬ。媛さまが結界を張ってしまわれましたゆえに」
目をしょぼしょぼさせながら、宮への道を示す。
目の前に巨大な水晶の壁が立ちふさがっていた。これが菊理媛の結界らしい。
最奥部に光源がある。熱を持たない白い光が、その内にあるものを隠している。
滑らかな表面に手を滑らせ、はっとする。

「塞の神、この壁の厚さはどれほどだ」

翁神は力なく首を振る。

「壁、などという生易しいものではございませぬ。仕組みは存じませぬが、この先にございます宮を飲み込んで、隙間なく満たしておりまする。媛さまの御身をも包んでおりますので、壊すこともかないませぬ。壊すことができれば、の話でございますが」

須佐之男はめまぐるしく頭の中で考えをめぐらせた。未だかつて、こんなに頭を酷使したことはない。立ちふさがるものは全て力でねじ伏せてきたが、今回はそうはいかない。

（水晶の塊。これが本当に媛の体を包んでいるのなら、声を届ける方法はある）

いきなり須佐之男は両の拳を思いっきり結界に打ちつけた。鈍い音がして周囲の岩までがびりびりと震えた。

「何をなさいます！」

「黙ってろ！」

じっと耳を押し当て、振動が遠くまで伝わっていくのを確認する。

（よし）

顔をぴったりと水晶の結界に押し付けて、大きな声で呼ばわる。

「媛、聞こえるか。俺だ。須佐之男だ」

木霊がわあ…んと狭い空間に響いた。

（頼む。届いてくれ）

心の内で祈りながら、必死に言葉を紡ぐ。

「俺は、中つ国で妻を持った。これはもう、動かしようのない事実だ」

びくっと塞の翁が身をすくめる。いきなり何を言い出すのか、と。しかし抗議をすることはなく、黙って続きを待った。

「しかし、俺の居場所は常世、根の国だ。だから戻って来た。お帰りなさいも言ってくれないのでは、その甲斐もないではないか」

相変わらず、宮の奥からは何の反応もない。

「懐かしい我が家に帰ってきても、媛の姿がなければ寂しいばかりだ。お前にならば見えるだろう、偽りのない俺の心が。俺の魂の揺らぐ音が聞こえるだろう、どうか、どうか、そこから出てきてくれ。いつものように笑ってくれ。少しでも俺を可哀そうだと思ってくれるなら。お願いだ、媛！」

うわん、うわん……と、木霊だけが返ってくる。

「大きくなりたい、という望みは聞いた。そのために媛が努力していることも鳥船が教えてくれた。もしそれが俺のためなら嬉しい。だが、もしも本当に俺のためならば、俺のそばから離れないでくれ。いきなり俺の知らない姿で現われないでくれ。頼む……」

ぽたぽたと須佐之男の目から涙が地に落ちた。

「こんな俺を情けないと思うか？　情けない男は嫌いか？」

あとからあとからあふれてくる涙を拭おうともせず、訴える。隣で塞の神はただただ息を詰めてことの行く末を見守った。

「俺は、俺は……。お前のそばにいたいのだ。たとえお前が別の世の神であったとしても、俺を野の獣と同じようにしか愛してくれなくても。それでも俺は、お前のそばで、お前が笑ったり怒ったりする姿を見ていたい。わがままだろうか」

水晶の壁に取りすがった体は力なくずるずると滑り落ち、両膝が硬い岩の上に落ちた。

「お前が嫌だと言うなら仕方ない。だが、少しでも俺を好いてくれるなら、俺の声が聞こえているなら、出てきてくれ。媛。お前が好きだ……」

ふわん、と白い光が宮の奥で揺れ、ちりん、と水晶がかすかな音を立てた。

――聞こえない。

「え？」

目を瞠り、奥を覗き込む。

――最後の一言が聞こえなかった。

聞き慣れた声だった。間違いようがない。驚きのため、一瞬だけ止まっていた涙が、また須佐之男の頬を伝う。

しっかりと足を踏み締め、水晶の壁に額をしっかりと押し当てる。その顔は晴れやかだった。

「わがまま媛め、よく聞いておれ」

にやっと笑って、大声で宣言する。

「建速須佐之男命、畏《かしこ》みて御前に申し上げる。白山菊理媛命、俺はお前が好きだ！　どうかこの想いを受け止めていただきたい！」

白い光が何度か、ためらうように明滅し、ぱあっとはじけた。

その眩さに、須佐之男と塞の神は思わず目を覆った。

目を開いた時、水晶の結界はほどけ、眼前にぽっかりと虚無の深淵が口を開けていた。

「これは…、宮はどこにある」

本能的な畏怖に突き動かされて、須佐之男は怯んだ。

「これが媛さまの御座所、白山の宮の真のお姿にございます」

うやうやしく、塞の神は跪き、深々と頭を垂れた。

白、しろ、素――。そこには何もない
「常は何かと取り繕って並みの宮のごとくしつらえておりますゆえ、わたくしもお仕えすることがかないますが。本来ならば近づくどころか、目にすることも能《あた》いませぬ。今も虚ろとしか見えませぬ」

深淵の奥に、ぽつんと白い影が浮かんでいる。何もない虚空を小さな足で踏みしめて立っているのか。

――スサ……。こわい？

菊理媛が問う。心細い声だ。

菊理媛が怖がっている。虚無のただ中に立つ己を見て、須佐之男が己を恐れるのではないか、と。

（ここで試される、か）

須佐之男は、不敵に、声を上げて笑った。

「怖いさ。媛にキライと言われるのが何より怖い」

そして、虚無の際までずかずかと歩を進めた。半歩先はもう奈落だ。

「これ以上進んでもよいか？　それともお前からこちらに来てくれるか？」

白い影がたじろぐのが見える。構わず続ける。

「ああ、返事をまだもらっていなかったな。菊理媛。俺の妻になってくれ。それがだめなら俺をお前の夫にしてくれ。どうだ？」

遠い、遠いところから、小さな影が駆けてくる。白い光を置き去りにして、童女の姿をした女神が、こちらの世に向かって走り寄ってくる。

真白の衣、裾を括った緋袴に素足。見慣れた姿が近づいてくる。結わずに流した黒髪をゆらゆらとなびかせて、真っ直ぐに、ひたむきに、こちらへ。

「スサー！」

両手を広げて、力いっぱい飛び込んできた媛神は、逞しい男神の胸に抱きとめられた。

「スサ、だあいすき！」

「媛！」

ぎゅうっと、思いのたけをこめてお互いの体を抱き締める。

（よろしゅうございましたなあ）

その傍らで目をそばめつつ、翁神はそっと目を拭った。

＊

「それにしても、母上。あんな意地悪を言わなくてもよかったんじゃないですか。ひどいですよ」

迦具土が口をとがらせる。珍しく自分のすることに不服を申し立てる息子に、伊邪那美はおや、と意外そうな目を向けた。

「意地悪など言っておらぬぞ」

「意地悪でしたよ。聞いているぼくたちまで辛くなって、泣きそうでしたもの」

言い募る迦具土を、鳥船がなだめる。

「まあまあ、迦具ちゃん。いいじゃないか。そのおかげで須佐が本気になってくれたんだからさ」

「それは、そうですけど……」

「そうそう。今となっては、あやつもわらわの可愛い息子なのじゃ。苦しんでいるのを放ってはおけぬから、ひと肌脱いでやったのではないか」

「本当ですか？」

迦具土は疑わしげな眼差しを向けた。

「それにいつまで経っても菊理媛が出てこなかったら、爺が心労でくたばってしまうわ。千引の岩戸もなんだかじめじめとして、苔《こけ》やキノコが生えてきおったし。手段など選んでおれるか」

「それもひどいな……」

鳥船が溜息をつく。

「爺、かわいそう……」

ぽつりと弥都波がこぼした。

白山の宮で何が起こっているのか。まだここには伝わっていない。けれど、誰も疑わない。きっと揃って戻ってくる。

「言っておくが、わらわは嘘はついておらぬぞ。相当の、それこそ我が身を贄に捧げる以上の覚悟がなければ、あの媛には深く関わってはならんのじゃ。この世の摂理と安寧のためにな」

ふふ、と笑って、国生みの母はまた朱塗りの杯に唇をつけた。

八俣大蛇の一件以来、須佐之男命は豊葦原で櫛名田姫ともうひとり、大山津見の娘、神大市姫《かむおおいちひめ》を娶った。

しかし、自らは根の堅洲国に住み、妻たちを呼び寄せることもなかった。

【主な参考文献・資料】（順不同）

『日本古典文学大系　第1　古事記　祝詞』（倉野憲司・武田祐吉校注、岩波書店、一九五八年）
『日本古典文学大系　第2　風土記』（秋本吉郎校注、岩波書店、一九五八年）
『日本古典文学大系　第67　日本書紀　上』（坂本太郎・家永三郎・井上光貞・大野晋校注、岩波書店、一九六七年）
『古事記　上』（次田真幸全訳注、講談社学術文庫、一九七七年）
『古事記』（梅原猛訳、学研M文庫、二〇〇一年）
『日本の神々　完全ビジュアルガイド　The Quest For History』（椙山林継監修、レッカ社編、カンゼン、二〇一〇年）
『葬られた王朝　古代出雲の謎を解く』（梅原猛著、新潮社、二〇一〇年）
『現代語古事記』（竹田恒泰著、学研パブリッシング、二〇一一年）
『もう一つの隠された神話』（花井燁澄著、今日の話題社、二〇一一年）
『日本の神社　創刊号　出雲大社』（週刊版、ディアゴスティーニ、二〇一四年）
『洋泉社MOOK　出雲　神話の里を旅する』（洋泉社、二〇一四年）

あとがき

昔から、納得いかないところがありました。

須佐之男が高天原で大暴れをした場面です。

高天原に入る前、悪い心を持ってきたのではない、って言いましたよね？

そして、『誓約』をしましたよね。

その『誓約』で潔白が証明されたんですよね。

身の潔白が証明されたからって、勝ち誇って悪事をはたらくって、どういうことですか。悪い心が残ってたんじゃないですか。

……誓約、意味なし。

それにいい歳《とし》した男、しかも神さまが、ですよ？　残虐な行為もアレですが、『う○こ』とか。そのワードは幼稚園児あたりが大好きなやつじゃないですか。

突っ込み始めると、あとからあとから疑問が湧いてきます。

さらに『日本書紀』を読んでみると、混乱は深まるばかり。

『一書に曰《いわ》く』という形でたくさんの異説が紹介されていて、どの『一書』がどの『一書』とつながっているのか、さっぱり分からない。

一度整理してみたかった。

ある時、とあるお方が「神話時代の話が読みたい」とのたまい、
そうして『神代幻夢譚』が生まれました。

覇権争いや文明の伝播と衝突など、学問的なことは抜きにして、純粋に神さまのお話。

ヒーローは須佐之男。ヒロインは菊理媛。

菊理媛は『日本書紀』の『一書』に一度登場するだけの神さまです。が、菊理媛を御祭神とする神社は日本に二千社以上。わが三重県にも倭白山比咩《やまとしらやまひめ》神社というたいそう感じの良いお社がございます。

謎に満ちた媛神さまにもこの際フルにご登場いただき、スマホでゲームをしていた甥っこ（当時五歳）の、

「あれえ？　ヤマタノオロチ、蛇なのに足がある」

という素朴な疑問も一気に解決！
※出雲にはヤマタノオロチの足跡がついた石があるそうです。

異論は多々おありでしょうが、それはそれとして、ひとつの『一書』としてお読みいただければ幸いです。

楽しんでいただけたら、なお嬉しいです。

またどこかでお目にかかれることを祈りつつ、

この本に関わってくださったすべての方に、心からの感謝を捧げます。

楓屋　ナギ

著者プロフィール

楓屋 ナギ（かえでや なぎ）

三重県出身
2月2日生まれ
みずがめ座・O型
著書に、『天竺花語り』（文芸社、2013年）、『女王の目 ～ヴィエリとレナートの報告書～』（文芸社、2014年）、『天竺花語り 2』（文芸社、2015年）がある。

神代幻夢譚《かみしろげんむたん》

2015年10月15日 初版第1刷発行

著　者　楓屋 ナギ
発行者　瓜谷 綱延
発行所　株式会社文芸社
〒160-0022 東京都新宿区新宿1－10－1
電話 03-5369-3060（編集）
03-5369-2299（販売）

印刷所　株式会社フクイン

ISBN978-4-286-16425-0